NF文庫
ノンフィクション

カンルーバン収容所
最悪の戦場残置部隊ルソン戦記

山中 明

潮書房光人新社

カンルーバン収容所
最悪の戦場残置部隊ルソン戦記

——目次

第一部　収容所への道

第二部　虜囚の日々

本文写真提供／「丸」編集部および著者

カンルーバン収容所
最悪の戦場残置部隊ルソン戦記

第一部　収容所への道

一　陸軍航空の一大転機

敗北の第一歩

「ハンサ上空敵大編隊、西北進！」

という航空情報を私が入手したのは、昭和十八年八月十七日の午前七時三十分のことだった。

ハンサはウエワクの東方約百二十キロ、海に面した飛行場のある重要地であり、航空情報班（小隊）が展開していた。予想していた最悪の状態にたちいたったことを知り、私は愕然として、その対策に苦慮した。いまや一刻の遅延もゆるされない。敵の来襲を急遽予告すべく、私は部下の航空情報隊員とともに、ウエワク西飛行場せましと展開していた飛行機の一機、一機に、この情報を知らせるため散っていった。

バリバリ……という銃撃の音を聞いたとき、私は飛行場の中央部まできていた。みれば、飛行場をかすめるように、敵B25の大編隊が超低空で進入してくるではないか。あわてて地に伏した私の頭上を、爆撃と、銃撃と、そしてけたたましい爆音をあとに残して、約三十機の敵の攻撃波が通りすぎていった。

敵の投下した落下傘爆弾によって、飛行場は白くおおわれ、そこに展開していたわが飛行機は瞬時に火を発し、私の周囲は火の海と化していった。周囲に伏していた多くの整備兵が敵の銃撃をうけ、うめき声とともに身をのけぞらせる姿が、あちこちに目撃された。

第一波が去ったのち、私はむちゅうで指揮所に向かって走った。十メートルも走ったころ、またはげしい敵の第二波攻撃がはじまり、飛行場の被害はさらに悲惨なものに変わっていった。

飛行場の端の壕に私がかけ込むまでに、敵機の第三波攻撃が行なわれた。すでに飛行場は見わたすかぎり火の海と化しており、焼けこげる飛行機の間から、多数の兵士たちがよろめきながら指揮所にちかづいてくるのが見えた。

これが昭和十八年八月十七日午前八時の、ウエワク西飛行場の情景の一コマである。

思えば、この瞬間こそが日本陸軍航空敗北の第一歩であり、このときより以後、日本は降伏するその日まで、ついに制空権を掌中におさめることができなくなった、まさにその瞬間でもあった。

終戦まで第一線に勤務した私にいわせれば、この日のこの敗北が、日本陸軍航空の負けにつながる最大の〝やま場〟であったのである。

この戦争がはじまっていらいの戦闘経過をふり返ってみるとき、そこにはじつに多くの戦いの〝やま場〟があった。

緒戦においては、日本はその〝やま場〟のすべてを有利にのりこえた。いわく、真珠湾攻撃、昭和十六年十二月十日のマレー沖海戦、ルソン島上陸、十七年一月二日のマニラ占領、同年二月のシンガポール攻略、四月のバターン半島占領、五月はじめのコレヒドール島占領などである。

もし、それらの一つでも米軍に阻止されていたら、戦況の進展は大きく変わっていたはずである。

昭和十七年の後半から、米軍の反攻がはじまった。同年六月のミッドウェー海戦での日本海軍の惨敗から、第一次、第二次、第三次ソロモソ海戦へと負け戦さがつづく。こんどは逆に、米軍はすべての〝やま場〟をのりこえ、日本はそのすべての〝やま場〟で敗れた。

私は昭和十七年十二月八日、くしくも開戦の日より一年たったその日、空母「沖鷹」に乗り組んで横須賀を出港し、ラバウルに前進した。その後ニューギニア、フィリピンに転戦し、終戦のその日まで米軍と戦いつづけた。

昭和十八年の前半は、日米血みどろの戦いのときであり、ソロモン、ニューギニアでの第一線の戦闘では、両軍ほぼ互角の勢力を保持していた。

ニューブリテン島ラバウルの港には、日本海軍の艦艇がところせましと充満しており、ニューギニアのウエワク付近の飛行場には、陸軍機の日の丸の銀翼が飛びかってもいた。少なくとも昭和十八年八月十六日までは、ニューギニアの空の大半は、まだ日本の制空権下にあった。

ところが、昭和十八年八月十七日、ニューギニア最大の航空基地ウエワクは米空軍の攻撃をうけ、まさに壊滅的な打撃をこうむった。海軍がミッドウェーで大打撃をうけていらい、ついに立ちなおることができなかったと同様に、日本陸軍航空はこの日にうけた打撃ゆえに、ついに最後まで米軍にたいして、優位に立つことができなかったのである。

この日の米軍の攻撃により、わが方が失った飛行機は、戦史によると約百機の損害をうけた、となっているが、実際にはもっと多かったのが実情である。

しかし、この事実は、はるかの地ニューギニア第一線での事件として処置され、日本では報道されなかった。したがってこの真相は、戦後、一部の軍事研究家が注目しただけで、多くの日本人には知られていない。

しかし、この敗戦は重大な事件であった。ミッドウェーの敗戦が日本海軍敗退の第一の〝やま場〟とすれば、日本陸軍航空敗退の第一の〝やま場〟は、このウエワクの敗戦であるからだ。

フィリピンでの私の体験談にはいるまえに、その影響ゆえに、日本陸軍航空の敗戦の歴史の第一歩となった、このウエワクでの私の戦いの体験だけは詳述しておきたい。

航空情報隊最前線へ

日本は緒戦の大戦果の結果、米軍の反攻は昭和十八年以降と予想し、楽観していた。したがって、反攻のはじまるまでに、戦略的な重要地点はすべて掌中に入れておこうと考えていた。この考えはどんどんエスカレートし、一時はポートモレスビーの攻略はおろか、オーストラリアにまで進出しようとさえ考えたほどであった。

すなわち、海軍の最大基地であるトラック島を守るためにはラバウルを、ラバウルを守るためにはポートモレスビーを、さらにはガダルカナル島をといった理論であった。そしてその作戦は、ミッドウェーの敗戦がなかったら、一時的には成功していたと思われる。

ミッドウェーの敗戦は、南太平洋の日米海軍の勢力バランスを大きく変え、昭和十七年八月になると米軍は反攻に転じ、一コ師団の兵力でガダルカナル島を占領した。これは、日米決戦の第二ラウンドの開始といえよう。

それまで南太平洋は海軍の守備範囲であって、主役は海軍であり、陸軍は脇役であった。しかし、ラバウルを中心として、ソロモン、ニューギニアとひろがる海軍の守備範囲は、あまりにも広大であり、当時、所有していた二百機ぐらいの飛行機では、とうていこの正面を守りきることはできなかった。いまでこそ、グローバルな国際情勢の下で、南太平洋は日本にちかくなったが、当時の日本にとって南太平洋の広大さは、切実には実体がつかめておらず、ただただ進撃の夢を追っていただけであった。

かくて昭和十七年十一月、陸軍航空部隊のラバウル派遣がきまり、第六飛行師団が新設された。それは戦闘二コ戦隊、軽爆二コ戦隊、重爆一コ戦隊、司令部偵察中隊を主幹として、これに付属するすべての航空地上勤務部隊がラバウルに進出したのであった。

私はそのとき、この航空地上部隊たる、第四航空情報隊の第一中隊長であった。それまで、静岡県磐田町にあった第一航空情報連隊第一中隊長として、もっぱら航空情報隊勤務者の教育、訓練を行なっていたのであったが、その磐田の第一航空情報連隊に動員がくだり、第四航空情報隊を新設したのが、十一月の十五日前後と記憶している。

編成は三日間で終了した。編成というよりは、既存の中隊人員をそのまま連れていく、といったほうがはやい編成で、中隊の構成人員はぜんぶ私の手塩にかけて教育した者ばかりであった。人相、性格、勤務状況、すべてがおたがいにわかっていた、いわば〝ファミリー中隊〟でもあった。

部隊長は北川季人中佐で、三ヵ月前に歩兵より航空に転科してきた人であった。

もとより、この部隊のすべての運用・指揮は、先任中隊長であり、昭和十四年九月、陸軍航空士官学校卒業の第一回の通信専門課程をへて、その後、航空情報畑のみを歩いてきた生えぬきの航空出身者である私の仕事だった。

航空情報隊の任務は、作戦主要飛行場を敵襲からまもることで、飛行場の敵対方向に六十キロの範囲で目視監視哨を配置し、敵機の進入をすばやく通報するものであり、航空作戦には絶対不可欠の部隊であった。昭和十八年九月からはレーダーが配備され、敵襲をすくなくとも百キロの地点で捕捉する仕組みになっていた。

部隊本部は昭和十七年十二月八日、宇品よりラバウルに向かったが、その任務から部隊に先行する必要があって、私は空母「沖鷹」により、十二月八日、横須賀を出港、トラック島

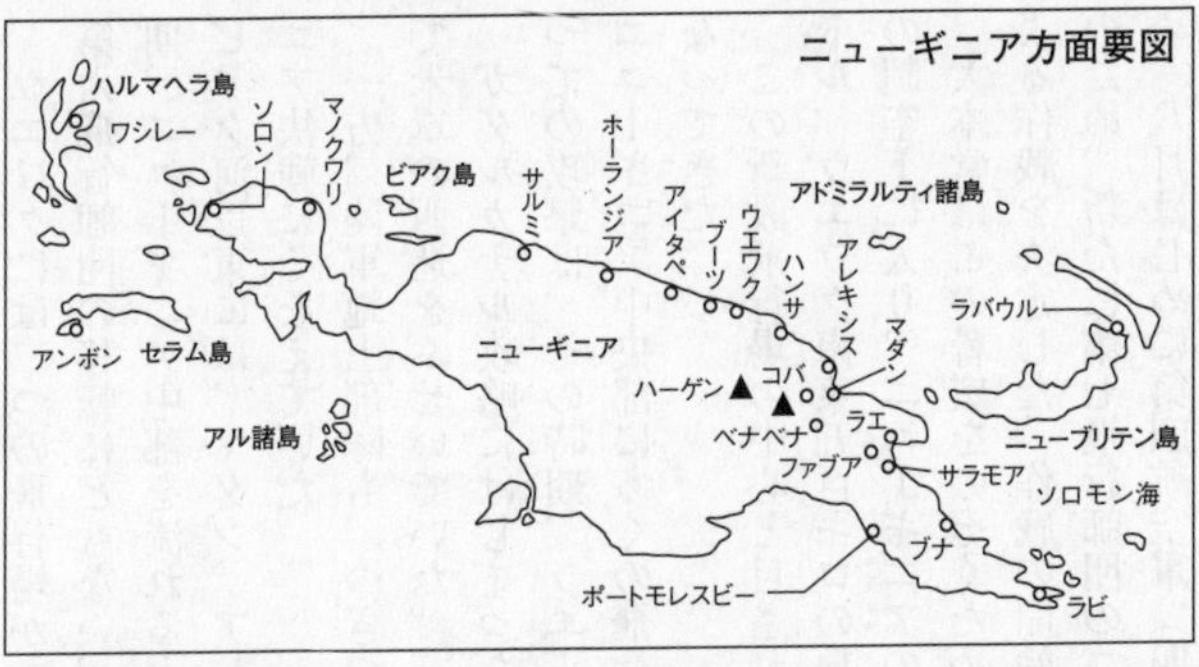

ニューギニア方面要図

を経由してラバウルに向かった。トラック島からは駆逐艦「時雨」に便乗した。

その間、海軍のわれわれ陸軍航空部隊を遇することのいかに丁重であったことか。まったくのお客様あつかいだった。当時の海軍がいかに陸軍航空のラバウル進出を、期待と希望で待っているかを、身にしみて感じたのであった。

第六飛行師団の派遣にもかかわらず、ガダルカナル島の奪回に失敗した陸軍航空は、昭和十八年二月より、しだいにその作戦方面をニューギニアに移した。そして六月、第六飛行師団はついに正式にその司令部を、ラバウルよりウエワクに移し、全力をニューギニア作戦に傾注することになった。

私の部隊は、この師団司令部の意向にそって、昭和十八年に入るや、部隊本部はいぜんラバウルにあったものの、実働兵力の三分の二は、四月までにニューギニアに移動させておいた。私はその年三月、大尉に進級したのを機に、中隊長の職をはなれ、ウエワクに常駐し、事実上の在ニューギニア航空情報隊の総指揮官の地位についた。

ウエワクには二つの飛行場があり、またその西方五十キロにはブーツの飛行場があった。第六飛行師団の移転にともない、それらの飛行場には多くの飛行機が集中しており、その時期、ニューギニア中部を流れるセピック河以西の地区は、わが制空権下にあった。また、セピック河以東には、マダン、アレキシス、ハンサの作戦飛行場が健在で、ちかづくニューギニア決戦にそなえていた。

一方、陸軍地上部隊も、つぎつぎとニューギニアに前進してきており、三コ師団強の兵力で米軍の西進をふせいでいた。

ガダルカナル攻略にはじまった米軍の反攻はその圧力をつよめ、ニューギニア海岸線にそっての攻撃は、その時期、ラエ正面にまでおよんでいた。また日本軍後方への攻撃のため、ニューギニア中央部に多くの飛行場を新設し、日本軍攻撃の足がかりとする傾向が明らかになってきた。

この新設飛行場の中心と目されたのが、ベナベナ、ハーゲンの高地であり、標高二千メートル、ウエワク南東五百キロの地点で、もしこの地区の飛行場が実現すると、ウエワクはその制空下に入り、ニューギニアの航空作戦は一大脅威をうけることになるのである。

大本営はこの脅威をのぞくため、この地を制圧することをきめ、挺進団（落下傘部隊）による作戦を決定した。作戦の開始時期を八月末と予定し、兵力の集結をはじめた。この作戦のため、新たに第七飛行師団のニューギニア進出をきめ、第六、第七両飛行師団の統率のため、八月はじめに第四航空軍（四航軍）をラバウルにおいて設立し、ニューギニア航空作戦を不動のものにしようとした。

こうして八月に入り、ニューギニア、とくにウエワクを中心として、日本陸軍航空の精鋭部隊が集結したのであった。

ウエワク基地炎上

それまで、ウエワク地区にたいする敵の空襲はほとんどなく、わずかに高高度による偵察ぐらいのものであり、ウエワクの空にかんするかぎり、平穏とも思える状況であった。

八月十四、十五、十六日と、四航軍は総力をあげて敵をたたいた。新しく発見された敵空軍の中心地たるべきファブアの飛行場を攻撃し、大きな打撃をあたえた。

もうこれ以上、米軍機の進出はゆるさないぞという闘志と自信とが、ここウエワクの空地に満ちみちていた。

八月十六日で一応の攻撃のめどがついたので、ラバウルから出張してきていた四航軍の大阪順次参謀も、とりあえず明十七日にはラバウルに帰る予定であり、ウエワク全飛行部隊では、明十七日は機材の整備と点検を行なうことになっていた。

東飛行場に配置していた情報分隊長の北出軍曹が、私のところに顔を出したのは、十六日の午後四時ごろであった。彼も状況の一段落をみて、連絡をかねて受信機のバッテリーを充電しにきたものであった。私は一瞬、バッテリーの不足による東飛行場の情報勤務の空白を考えたが、直通電話もあると思い、深くは気にもとめなかった。

ウエワク西飛行場。海につき出たウエワク半島、その奥がウエワク港で、飛行場の向こうの丘陵が洋展台。ここに第６飛行師団の司令部が位置していた。写真の左上端方向に東飛行場がある。

その夜は、北出軍曹も帰ってきたことであり、夕食は幹部の会食とし、防腐剤の入った日本酒で、一同、気勢をあげたものだった。やがて会食も終わり、ぼつぼつ就寝というころになり、突如として敵の爆撃がはじまったのだ。

いったい何機が来襲してきたのかと思うほど、翌朝の三時ごろまでたえまなく、一機また一機と頭上を飛んでは投弾し、われわれの眠りをさまたげた。

爆撃は飛行場の周辺をねらって行なわれたが、もちろん飛行場そのものにも爆弾は落ち、在地のすくなからざる飛行機が炎上した。

いままでほとんど爆撃らしい爆撃をしたことのない米軍が、なぜ今夜になっていきなり、長時間にわたり爆撃をしかけてきたのか、私には不審であった。なにかしら不安でもあった。

夜の明けるのをまって、私は宿舎としていた椰子林の中の幕舎を出、早々に飛行場にいった。十七日の午前五時であった。

飛行場の横に指揮所があったが、そのまえに前日より係留されていた二機の九七重爆が、昨夜の爆撃により炎上中で、まだ煙を上げていた。

指揮所の椅子に腰をおろして、私は何本もタバコをすった。なにか胸がさわいでしかたがない。なにごとか不測の事態が起こるような予感がした。しかし、その予感にはなんら具体性はなかった。

六時に情報が入った。

「コバ上空P38二機西北進、高度六〇〇〇」

というものであった。コバというのは、ウエワク東南約四百キロにあり、わが航空情報網の最先端の場所である。ついで、

「通信線の切断により、司令部との連絡とれません」

という通信所よりの報告が入った。私はその二つの報告をだまって聞いたのみで、そのとき、この二つの報告にたいする対応については、なにも措置をとらなかった。

六時二十分——洋展台（師団司令部が位置しており、西飛行場から車で二十分の山の上にあった）より、トラックが降りてきた。みれば、四航軍大阪順次参謀以下の、ラバウルから戦闘指導にきていた連中であった。

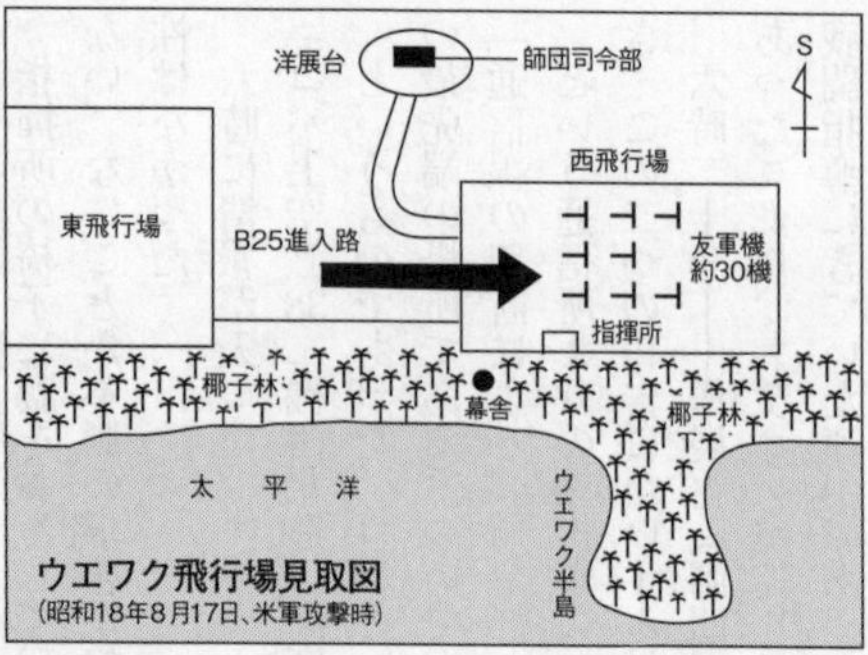

ウエワク飛行場見取図
(昭和18年8月17日、米軍攻撃時)

大阪参謀はラバウルへ帰るのに使用すべき九七重爆が、いまだに煙をあげて燃えているのをしばらく眺めたのち、黙ってまた洋展台に帰っていった。

その連中のなかに、私の同期生である航空通信第五連隊の徳地末夫大尉がいた。彼は洋展台にひきかえすとき、私につぎの言葉をのこした。

「山中、貴様は昨夜の敵の爆撃をどう思う。貴様の現時点における状況判断だ。オレは明らかに拘束爆撃だと思うぞ」

彼らが去ったあと、私は指揮所にもどり、もういちど椅子にすわった。ようやく私の頭も動きはじめたようだ。「拘束爆撃」「拘束爆撃」――この一語が私の頭のなかで旋回しはじめたのだ。

「拘束爆撃」というのは、航空戦術のイロハの第一のイであり、定石中の定石でもあった。航空撃滅戦すなわち大爆撃を行なうためには、事前にかならずこの「拘束爆撃」を行なうというものである。まず、日標飛行場を前夜のうちに爆撃し、飛行場周辺の通信線と道路を破壊しておき、飛行機を飛行場に拘束しておいて、これを叩くというものなのである。

なにかあると思えばこそ、私は朝早くから、西飛行場にきていたのである。そしていまはじめて、この心配が、悪い予感が現実となってきたのを知った。

なぜ、いままで、こんな簡単なことに気がつかなかったのか……いまさらながら、自分の迂闊さに気づいてはずかしかった。

事態の認識ができてからの私の対応は、すばやかった。その時点において飛行場の最高指揮官であった私は、非常呼集をかけて、全力をあげて通信線の補修を命じ、関係各所との連絡に全力をつくした。

しかし、昨夜の爆撃で、通信線はズタズタに切りさかれており、線を接続しての補修は不可能であり、といって新しく通信線をひくには資材も、兵力もなかった。

狂気のごとくなった私が、とにもかくにも洋展台の師団司令部との連絡に成功したのは、すでに七時をまわっていた。しかし、飛行機の大半がいる東飛行場との連絡はとりようもなく、分隊長の北出軍曹は追い返したものの、まだ途上にいるであろうと気が気でなかった。

さらに悪条件がかさなっていた。それは、当日は出動はないかわりに、師団の兵器検査の行なわれる日になっており、午前七時をすぎるころ、戦隊の整備兵たちが、いつもの通り飛行機を掩体より引き出して、試運転をはじめたのである。

飛行機はどんどん飛行場の中央に引き出されていく。しかし、私には彼らに注意はできても、これをやめさせる権限はない
そのとき——七時三十分に情報が入った。

「ハンサ上空敵大編隊、西北進！」

ハンサはウエワクの東方百二十キロの地点であり、敵が直進すれば、二十分ないし二十五分でウエワクに到達する距離である。

やはり、敵はきた。定石どおりの過程をふんで、堂々と大空を圧して攻撃してきたのである。

「しまった」と私は思ったが、いまさらどうしようもない。師団司令部にたいする情報の電話伝達を確認すると同時に、私は飛行場にとび出していった。そして手をふり、帽子をふり、ドラム缶をたたいて敵襲を知らせようとした。しかし、飛行場いっぱいにひびきわたる試運転の騒音で、私の叫び声がつたわるはずもなく、いたずらに時はすぎていく。

飛行場のまんなかまで走り込んだとき、私は銃爆撃の音を耳にした。見れば、B25の大編隊が超低空で、飛行場に進入してくるところであった。

この日、敵は攻撃に落下傘爆弾を使用しており、たちまち飛行場は真っ白く落下傘でおおわれ、また銃撃によって私の周囲にいた者たちが、バタバタと倒れていくのが目にはいった。

第一攻撃波が去るのを見て、私は指揮所へかけもどろうとした。しかし、十メートルも走るか走らないうちに、またつぎの攻撃波がきて、じっと伏してそれをやりすごした。合計三波の攻撃を飛行場内でうけたのち、私はようやく指揮所に着くことができたのだった。

あらためて飛行場をみれば、そこは火炎の波であった。それは私のはじめて体験した本格的な敵の攻撃でもあった。

何分間かはわからないが、敵の攻撃終了後、一時的に飛行場には空白の時間がおとずれた。

茫然自失といったものでもあろうか。しかし、この静寂も、たちまち四周に倒れている負傷者の叫びでやぶられた。

私の部下のなかでも熊田積善という柔道六段の少尉が、一番しっかりしていた。いちはやく行動を起こして、負傷者をトラックで病院にはこぶ処置をしている。それを私は、まだぼんやりとながめていたのが実情であった。

自失ののちに、私は自責と悔恨の涙のなかで、まだラバウルに位置していた部隊本部に、この朝の〝てんまつ〟を緊急電したのだった。

あとで聞いたところでは、私のこの報告はただちに第四航空軍司令部につたえられたが、あまりにも突然のこの報告に、四航軍もはじめはなかなか信じなかったらしく、第六飛行師団からの正式報告は六時間もおくれたとのことであった。

この日の戦闘で、ブーツの二つの飛行場には航空情報が適切に伝達され、在地の戦闘隊は全機が離陸し、軽爆隊は飛行機を掩体に入れたとのことであったが、肝心のウエワクでは、西飛行場は私の記述したとおりであり、主飛行場であった東飛行場には、ぜんぜん情報がつたわっておらず、さんざんな目にあったのが実情である。

こうして戦いは終わった。のこるのはただ反省と自責あるのみであった。今日まで、各戦隊が血と汗できずきあげた制空権は、瞬時にわが手より去っていったのである。

一段落ついたあと、尿意をおぼえた私が排泄した尿が、まったくの血尿であったことが、いまだに忘れられない。極度の恐怖で身体の生理がどう変わるのかしらないが、そのときは人体の神秘性さえ感じたものであった。

いささかおかしな話もあった。それは敵の攻撃が終わり、緊張が去ったとき、防空壕内の全員が、「くさい」「くさい」といい出したのである。気がついてみると、たしかに我慢のならない臭気なのである。

そのとき、早見という自動車手があわてて壕を飛び出した。

捕らえて聞いてみると、彼は敵の第一波がきたとき、たまたまトイレで用便中であった。バリバリ、ドンドンという銃爆撃に気がついたときは、時すでにおそく、逃げ場はない。彼は意を決してドボンとトイレの穴のなかに身を沈めて、敵の攻撃をさけていたが、攻撃終了後、一人ぼっちなのがさびしくなって、みなのいる防空壕に入ってきたというのであった。

くりかえされた過ち

私が、いまでもわからないというか、くやしさで一杯になるのは、あの日のあのとき、高級幹部、とくに十名以上もウエワクにいた参謀たちは、いったい何をしていたか、ということである。

私のごとき下級将校でさえ感じ、悩み、そして最後には狂気のごとく対策に走ったのに、彼らエリートたちがなんら処置をしなかったことである。

対応の処置を講ずる時間は充分にあったし、また、たとえ手遅れであっても、一人くらいの参謀が飛行場に姿を見せるべきではなかったか。敵は戦術の定石どおり来襲してきたのでけていたのだ。

　戦後、発行された戦史には、この日の敗戦の原因はたんに〝航空情報伝達の不備〟と片づけているが、はたしてそうであろうか。

もしあのとき、一人でも参謀のなかに、正しい状況判断をしていたものがいたら、損害をまったく避けることはできなかったとしても、軽減することはできたのではないか、と思うのである。

　つぎの日から翌昭和十九年三月まで、すでに四航軍勤務となっていた私をふくめて、四航軍、第六飛行師団がこのウエワクを去ってホーランジアに転進する日まで、米軍の攻撃は毎日くり返し行なわれ、わが軍の悪戦苦闘にもかかわらず、制空権はもう二度とわが手には帰ってこなかった。

　すんだ過ちはもう帰ってこない。しかし、この種のあやまちは二度とくり返さないよう処置するのが、高級幹部の任務ではなかったのではあるまいか。あのとき、冷厳な反省と、処罰が行なわれていれば、半年後の三月三十日に起こったホーランジアでの、このたびのウエワクの被害の三倍にものぼる、おなじパターンの悲劇は起こらなかったはずである。

　また、その後のフィリピン戦闘においても、まったくおなじ形での日本航空陣の壊滅はなく、この日の戦闘の教訓を生かしていれば、たとえ負けはしても、悔いのない戦闘はできたはずである。

　日本は結局は負けたであろう。しかし、この日のウエワク、つづいてのホーランジアの敗戦がなかったなら、すなわち高級幹部に適切なる処置があったならば、戦局はいくらか変わっていたはずである。少なくとも一度は戦いの〝やま場〟は乗り越えられたのではあるまいかと、そのときの責任者の末端の一人として、いまも深く自省の心にさいなまれるのである。

こうして、血戦をつづけながらも、しだいに後退を余儀なくされたわが陸軍航空は、最後の拠点とされていたニューギニア航空要塞ホーランジアを敵に奪取され、ここにおよんで、完全に日米のパワーバランスはやぶれ、日本は敗勢に転じたのであった。昭和十九年四月終わりのことである。

私はホーランジア大空襲後の昭和十九年四月八日、敵が進攻してくる前にホーランジアを発ち、ニューギニア西端のマノクワリでホーランジア陥落の報を聞き、愕然としたものである。私が出発してからこの日まで、まだ十六日しかたっていなかった。

たしかに四月八日の時点で、ホーランジアは敵の完全な制空下にはあった。しかし、東飛行場には戦闘隊が健在しており、少なくとも三十機の戦闘機は活動していたし、それに付属する各種飛行機を合わせれば、五十機前後の出動可能機数は数えられたのであった。

われわれニューギニアの陸軍航空部隊は、米軍の攻撃は海岸ぞいに来るものとしか考えていなかった。敵が機動部隊による攻撃をかけてくるという発想がきわめて薄かった。したがって、敵情の偵察にしても、ニューギニア大陸にのみ重点をむけて、はるか太平洋へまでの偵察は、全然といってよいほど行なっていなかった。

米機動部隊は離島への攻撃をするもので、ニューギニア大陸への攻撃はしないとの確信す

炎上大破したホーランジア飛行場の日本機。ウエワク空襲についての冷厳な反省がなされず、教訓が生かされなかったことが、ホーランジアやフィリピンの悲劇を招来した、と著者は考える。

ら持っていたのであった。

しかし、海軍は違っていた。記録によれば、海軍は機動部隊の消息をもとめて広い太平洋を偵察していたが、四月一日前後より、その消息がわからなくなった。したがって、海軍は当分の間、米機動部隊の攻撃はないと判断し、西部ニューギニアにたいする警戒も解除してさえいた。

ところが、四月十八日にいたり、米機動部隊が出現したのである。明らかに、西部ニューギニアに近接してきているのであった。

当然のことながら、海軍はこの報を関係機関に緊急報告した。十五日、メナドに後退した第四航空軍にも、この報は入っていた。ところが肝心のホーランジアの第六飛行師団、第九艦隊にはとどかなかったのである。

日本敗戦の原因はいろいろあると思うが、大切なときに、大切なニュースが届かないという考えられない事実が、幾多もあるのはどうしたことであろう。

ホーランジアには、陸軍だけでも少なくとも三つの通信隊があり、異状なく活動していたはずである。それなのに、なぜ、このニュースだけが届かなかったのであろう。

空母二隻を中心とする米機動部隊は、四月二十日、二十一日と、連続してホーランジア、アイタペをたたき、存在する飛行機のすべてを焼きはらった後、二十二日に上陸してきたのである。

地上の戦闘部隊をもたないホーランジアは、一日もかからず陥落し、敵の手中に帰した。まったく一方的な戦闘であると同時に、日本軍のニューギニア完全喪失をも意味するものであった。

ホーランジア陥落の原因を、通信施設の不備に理由づけるのは論外である。明らかに、大本営をふくむ高級統帥部のミスなのである。現地指揮官のミスでは、絶対にない。

いったい陸軍航空の作戦指導にあたっていた連中は、何をしていたのか。なにを計画し、なにをやろうとしていたのか。まったく話にならない当時の中央部のミスであった。

急を聞いて、アンボンより第七飛行師団の幹部がマノクワリに進出してきた。だが、まったく処置なしの状態を見て、須藤栄之助師団長は二十八日、あとは運にまかせるといった気持で、アンボンに帰らざるを得なかった。

毎日が虚無の三週間

四月二十八日の午後、マノクワリ飛行場に二機の重爆撃機が、われわれを迎えにきた。私は本来なら四航軍の岡本剛参謀の機に乗るべきだったのだが、どちらの機に乗っても、アンボンに行くものだとばかり思っていたので、師団長機に乗ったのであった。後でわかったことだが、岡本参謀機はメナドへ飛び、アンボンには行かなかった。

もしあのとき、私がメナドへ行っていれば、大した差異はないにせよ、あるいは私のその後の動向には大きな変化があったかもしれない。人間の運命とは、そんなものである。

飛行機が離陸したとき、私はニューギニア大陸に別れの挙手の礼をした。一年三ヵ月、私の青春のすべてを投じての戦いであったが、いまごろあのニューギニアの深いジャングルを彷徨しているだろう部下の姿を思い、胸の痛みを抑えることはできなかった。

二時間後、飛行機はアンボン島のリアン飛行場に着陸した。

私の心は空虚であった。何をするのも億劫だった。それでも、これでくじけてはいけない、くじけてはいけないと、自分自身で心に鞭打っていた。

「山中大尉、こんどの作戦では、なにひとつ得ることはなかったよ。しかし、一つだけプラスはあった。それは山中、お前が私のところに来てくれたことだ」

機中で須藤師団長が私にいったこの有難い言葉が、せめてもの私の心の支えであった。

その夜、アンボンの日本料亭で、高級参謀主催の高級幹部のみの宴会があった。煌々と光る電燈のもとで、私は酒を呑んだ。ただ無心といった心境で酒を呑んだ。考えても、悩んでも、どうにもなるものではない。いまさらホーランジアの原隊に帰ることもできない。ジャングルを歩き巡っているだろう部下に、会うこともできない。いまの私にできることは酒を呑むことだけなのである。

「おい山中、呑め、のめ！」

上級者たちは異口同音にそう言って、私に盃を強要した。

「杉山ボヤゲンや東條安全カミソリに、何ができる」

という大きな声をとつぜん聞いて、私はびっくりした。見れば、老中佐が二人、気炎をあげているのである。杉山ボヤゲンが杉山元元帥であり、東條安全カミソリが東條英機首相であることに気づいた私は、一体このアンボンとはどんなところかと思わざるを得なかった。

開戦以来、私たちはただ黙々と戦争をしてきた。上級者の指導には、それがたとえ無理な命令であっても、無条件で従ってきた。また、そうすることが、軍人としての道だと信じてきた。もちろん、私の周囲には、上級者の悪口をいう者は皆無であった。

座が乱れてきて、その二人の老中佐は、高級参謀に向かって、これまた司令部の運用について、手きびしい批判の声を荒げた。

「生意気なことをぬかすな。貴様たち、文句ばかりいって、なにひとつ作業は進んでいないじゃないか」

これは、この批判にたいしての高級参謀の、これまた大声での罵言であった。

親睦会であるはずのこの宴会は、一変して罵詈雑言の場となり、喧嘩の場となりはてた。

怒りにくるった高級参謀は、いきなり並べられていたとっくりや皿を投げはじめ、もう収拾のつかないこととなり、私は酔いもさめはて、茫然としてコトのなりゆきを見まもる以外、とる道はなかった。

もうニューギニアを思う感傷どころではなくなった。一滴の酒もなく、女気といえば、内地より一度か二度とどいた手紙しかないという第一線の戦場にくらべて、この場はまた何という相違であろうか。

私のかたわらで、なにくれとサービスしてくれていた中年の仲居さんがいった。

「高級参謀は、いつもああなんですよ。だから、酔って怒ると、大切な器具は全部、仕舞ってしまうんですよ」

私はバカらしいというか、いまはなにもかもが侘しくなってきた。アンボンは、とにもかくにも第一線である。その地でいまいちばん必要な戦備を忘れ、酒を呑んで口論している。

私はたてつづけに酒をあおった。私も泥酔した。何時間たったか、私は知らない。私は重い頭を上げてみると、たった一人で広い宴会場の片隅に、薄いふとんをかけられて寝ていた。時計をみると、十二時近くにもなっていた。

酔いはさめており、いまさらこの広い座敷の片隅で寝る気もしないまま、私は起き上がった。帳場に行ってみたが、だれもおらず、さっきまであんなに騒がしかった料亭は、もうすっかり寝しずまっていた。

私は外に出た。しかし、どこに行ってよいのか、どちらの方向に何があるのか、一切は不明であった。このアンボンの町には、私の知っている者は一人もいないのを感じた。

私はあてどもなく一人で、夜ふけたアンボンの町を、ただ歩いた。そして、またしてもウエワクやホーランジアを思った。涙いっぱいで、ただ歩きに歩いた。

「やけになってはいけない。やけになってはいけない」

と、心中、思いながらも、流れる涙をとめる術はなく、ただ無性になにもかもが面白くなかった。

それから私は約三週間、アンボンに滞在した。毎日が虚無の連続であった。何を見ても、何を聞いても、私の興味をひかなかった。フヌケといった形容がそのままの毎日であった。

「これではいけない。何かしなくては……」

と思いつつも、また、アンボンに帰る機中で須藤師団長にいわれた言葉にも応えなければと思いつつも、なにも特別な任務をあたえられないのをよいことにして、安逸な、なんらなすことのない生活であった。

五月二十日と記憶するが、私は第七飛行師団司令部に呼ばれ、参謀長よりつぎの命令をうけた。

「山中大尉は、すみやかに在マニラ第四航空軍司令部に復帰すべし」

ついで高級参謀が、

「君の敗戦病も大分よくなった様子なので、近々、当司令部での任務についてもらうよう考えていたので、四航軍にお伺いを立てたら、この返電がとどいたのだ。航空情報の専門家のいない四航軍も、君を必要としているのだ。マニラでの再起を祈る」と語ってくれた。私は寺本熊一第四航空軍司令官の温容とともに、金子倫价、石川泰知、岡本剛の各参謀の顔を思いうかべた。彼らは私のことを忘れてはいなかったのだ。懐かしかったし、嬉しかった。しかし、私は再度、四航軍でウエワク時代のようにファイト満々で働ける自信はなかった。

三日後、師団司令部の飛行機でアンボンを発ち、とりあえずハルマヘラのワシレーの飛行場へ飛んだ。

デカダンそのもののアンボンの三週間ではあったが、それだけに多感でもあった私のアンボンの思い出が、ぜんぜんなかったわけではない。

アンボンは香料諸島の主邑であり、オランダ領だったところで、いわゆる港町として栄えていた。当然ながら、海軍色の強いところであった。港に近い入江には、多くの水上機が〝水すまし〟のような形で並んでもいた。

港より舟で十五分か二十分のところに小島があり、これが従来のアンボン飛行場で、内地よりの飛行便の中継基地でもあった。

今回、私がマノクワリから着陸したリアンの飛行場は、島の北端に新しく陸軍の作戦用としてつくられたもので、白っぽい、まったく情緒に欠ける飛行場であった。

このリアン飛行場からアンボンの町までは、車で約一時間の道のりだったと思うが、この中間地点に航空関係部隊が駐在しており、その付近にいわゆる慰安所があった。いちばん驚いたのは、私が世話になり給養をうけていた第八航空情報隊の正面が慰安所だったことで、いくら戦地とはいえ、なんとかならないものかと思われた。

ある日、特別にトラックを借りて、アンボン島をめぐってみた。島の中央部に温泉があり、レストハウスが散見された。私はそこの食堂でチャーハンを注文したが、現地米製のもので、固い感じが先立つといったものだったが、その美味であったのは、いまでも忘れられない。

アンボンとニューギニアの生活を比較すると、まったく天国と地獄の差があった。その第一は空襲のないことであり、私の滞在していた間に空襲は二回しかなく、それも数機による夜間のもので、だれひとり防空壕に入った者はいなかった。

つぎは、酒と女のあることだ。

こんな恵まれた場所にいながら、私はなんら幸福感を持たなかった。なぜか、人間というものは、とくに若い軍人にとっては、安全な生活がそのまま幸福な生活につながるということのないのを、私は身をもって体験したのであった。

人間は希望というか、自分がこの世に生きていることの意味がなければ、たとえ毎日が死の恐怖の前に立たされていてさえ、希望のある生活をとるのである。

アンボンを去るにあたり、私にはアンボンへの未練も、惜別の思いもなかった。希望をもとめて、私の心はすでにマニラの空へと飛んでいたのである。

二　航空情報網を確立せよ

フィリピンの空も無防備

アンボン島リアンの飛行場から、ハルマヘラのワシレー飛行場までは、三時間の行程であった。ハルマヘラ群島には、当時、三つの飛行場があったが、その中心飛行場がこのワシレーであった。

ワシレーの飛行場について、私は驚いた。驚いたというより、こみあげる感動で胸が一杯になったのである。

ワシレー飛行場には、海軍機が所せましと並んでおり、空には双発で胴体に一本の魚雷を抱いた、見たこともないスマートな飛行機が飛んでいた。

昭和十七年十二月、ラバウルの東飛行場で見ていらいの海軍の威容を目前にして、私は感激するとともに、

「ああ、海軍はまだ健在なのだ」

と、興奮をおぼえたのであった。飛行場の中央部のピストには、多くの幟《のぼり》が立っており、戦国時代の出陣を思わす風景でもあった。

聞けば、渾作戦の名のもとに、二百機にもおよぶ海軍航空隊が満を持して、ビアク島奪回のため、この飛行場に集結しているとのことであった。まさに飛行場を圧するムンムンとした海軍航空隊の戦意の高揚を、私はそこに見たのであった。

その夜、宿舎で私は当地の飛行場大隊長と食事をともにしたが、そのとき彼は、

「山中さん、海軍サンが来てくれたのは嬉しいことだが、あと一週間もこの地におられたら、全ハルマヘラに貯蔵してあるガソリンは、一滴もなくなるよ」

と、苦しい補給の実情を訴えてもいた。

二日後、私はこの地を発ったが、後で聞いたところによると、この海軍の飛行機のすべては、サイパンに敵近接の報がとどくと同時に飛びたち、サイパン方面に向かったよしであるが、そのほとんどが、無意味な戦いの後、撃破されてしまったのである。

六月二日か三日かは忘れたが、私はフィリピンのニコラス飛行場に到着した。私の記憶では、当時のニコラス飛行場は滑走路もせまく、とてもこれが作戦の中心飛行場とは思われなかった。

第四航空軍はマニラに移転した直後で、まだ部員の宿泊設備もできていなかったので、とりあえず私はマニラホテルに留まることになった。

当時のマニラホテルは、いわゆる佐官用宿舎であり、ロビーのソファーには多くの佐官た

ちが、きらびやかとまで言えるほどの立派な軍服をきて、フンゾリ返っていた。

私は違和感をおぼえて、宿舎の変更を申し込んだ。困惑したらしい係官は、私をホテル内にある兵站司令部の出張所につれてゆき、所長らしき老中佐に引き合わせた。その老中佐は私の申し出を聞くやいなや、

「貴官は何をいっとるか。貴官は遠い第一線の将兵の苦労を知っとるのか。食うものもなく、寝るところなきそれらの方々のことを思えば、宿舎に不平をもつなど、もってのほかだ。戦局の重大さを考えてみろ」

という。私は、いったいこの老中佐には、眼がついているのか、と疑いたくなってきた。というのは、そのときの私の服装というのは、ズボンは兵服で、上衣こそホーランジア出発のとき見送りにきた菊本中尉が、あまりにもみすぼらしい私の上衣を見て、彼の上衣を貸してはくれたものの、これとて軍服といえたものではない。

私は、あえてこう言った。

「中佐殿、私はニューギニア下番なのです」

老中佐はあらためて私を見なおして、ちょっと驚いたふうではあったが、それ以上なにも言わなかった。

その日の午後、私は四航軍に申告に出頭した。参謀室に入ると、すべての参謀が声を上げて、私を迎えてくれた。懐かしい顔々であった。正面に立った石川泰知参謀は、大声でこう私に言った。

「山中、よく帰って来た。今度は、もうニューギニアのようにはゆかないぞ。もう後がないと考えろよ」

ついで参謀長、軍司令官に申告したが、寺本熊一軍司令官のつぎの言葉は、私の胸を刃物で突きさすように思えた。

「山中、フィリピンの航空情報網は、いまだなにひとつできていない。早くこれをやらないと、またフィリピンもニューギニアと同じことになるぞ」

たしかにフィリピンの防空の対応策は、なにひとつできていなかった。遠いウエワクの地であれほどに活躍した電波警戒機（レーダー）の一台の設置も、このきたるべき作戦中心地たるフィリピンにはなかったのであった。

第四航空軍の隷下部隊としては、六月一日現在、四コ飛行師団と航空通信団があった。

四コ師団の内訳は、第二、第四、第六、第七であり、前記のように第六飛行師団は、はるかニューギニアの山地にあり、第七飛行師団はアンボンに位置しており、第二飛行師団は司令部だけはクラークフィールドに来ていたが、実働の航空戦隊はまだフィリピンには飛来していなかった。

第四飛行師団というのは変則師団であり、実戦部隊ではなかった。したがって、マニラには従来、第十四軍に属していた若干の飛行機があったにすぎなかった。

四航軍はきたるべき決戦にそなえ、準備に忙殺されていたが、その重点眼目は航空情報網の早急な完成であった。寺本軍司令官はことあるごとにこの点を強調し、フィリピンの空に関するかぎり、絶対にニューギニアの轍をふむことがないのを第一原則としたのであった。

しかし、現実には、フィリピンには航空情報網はないにひとしかった。

三コ中隊より成るレーダー専門の第九航空情報隊（九航情）は、六月一日、マニラ港に入ったったばかりであり、入港と同時に第四飛行師団の指揮下に入った。したがって、四航軍の直接タッチすべきものではなかった。しかし、とにもかくにも、この九航情はただちに展開をはじめた。南はネグロス島バコロド、北はクラークフィールドに拠点をおいた。しかし、実際の作動はいつになるか、予測のできない状況であった。

フィリピンの空は、まったく米軍に開放されていたのである。

すべてを犠牲にしてでも急がなければならないのに、この情報網を指揮する幹部に、だれひとり戦闘経験者がなく、図上の計画のみが先行するというのが実情であった。

悪いことはかさなるもので、この緊急時に第四航空軍は司令官、参謀長、それにニューギニア歴戦の参謀のほとんどが、更迭されたのである。

そして、これに追討ちとでもいうか、ニューギニア航空情報の主役だった私が、病に倒れたのであった。マニラに到着して一週間目のことであった。

たしかに四航軍も、第四飛行師団も、私に期待していたようである。四航軍の新しく赴任してきた四十四期の参謀（八月戦死）は、私にこうもいった。

「山中君、君の思うとおりにやってくれ。また展開のため飛行機が必要なら、いつでも出すし、君が飛ぶときはオレが操縦して行くから」

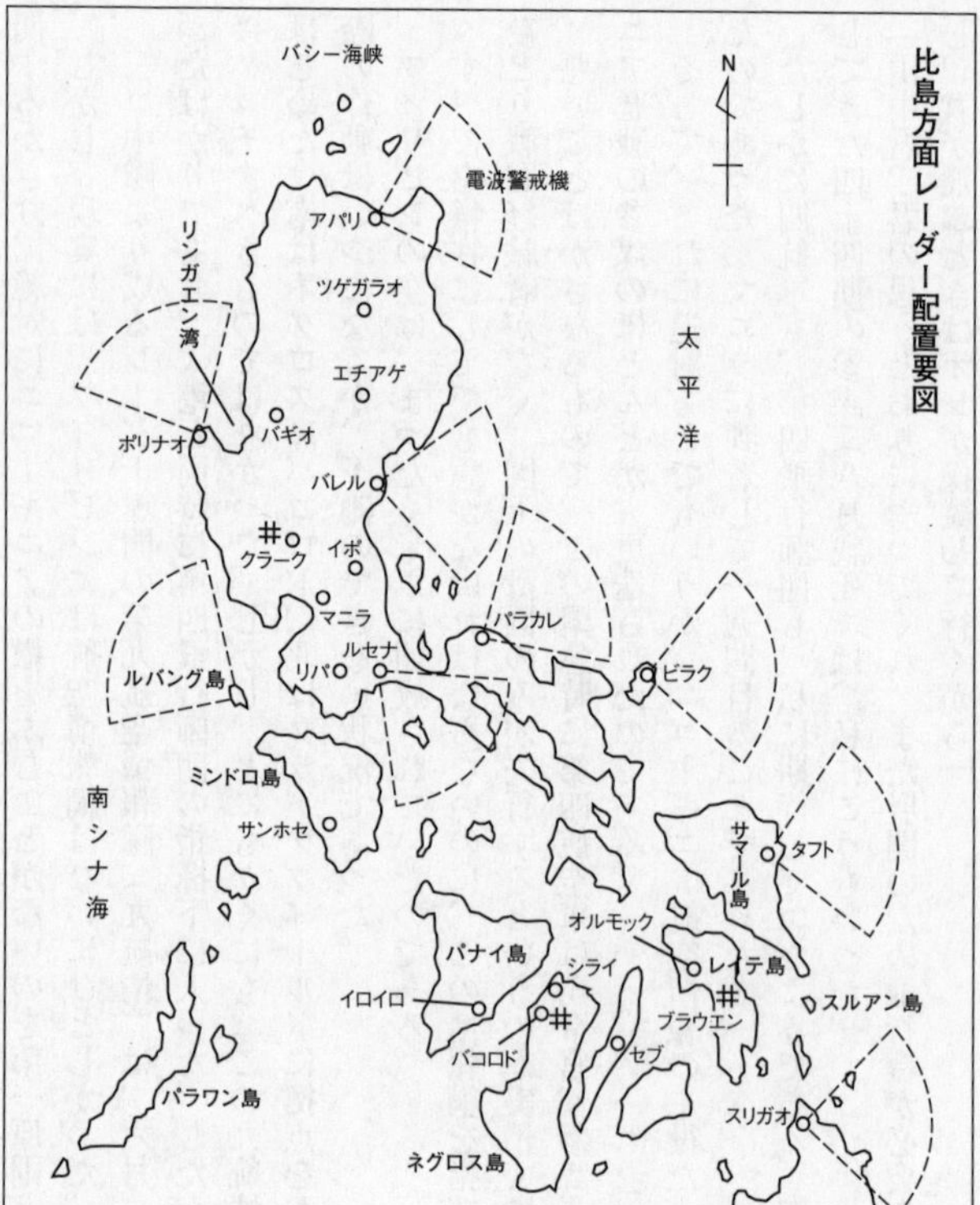

比島方面レーダー配置要図

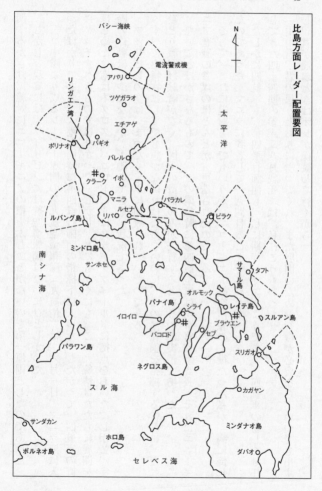

第四飛行師団の辻秀雄参謀（五十一期、水戸飛行学校の私と同期）は、こう言った。

「マニラには君がいると聞いて、オレは安心して赴任してきた。よろしくたのむ」

私は心を残して入院した。しかし、たとえ私がいなくても、コトの重大さを充分に知っている各関係者の手により、フィリピンの空の情報網は完成すると、希望はもっていた。当時のフィリピン航空情報網の完成展開図は、別図のとおりである。

しかし、八十日後、私が退院したとき、これらレーダーは作動していたか。否である。すべて、いまだ調整中であった。決戦に間に合わなかったのである。

事実、昭和十九年九月二十一日、二十二日の米軍のマニラ、クラーク地区の空襲は、完全な奇襲であり、またしても航空部隊は壊滅的な打撃をうけたのである。くり返してはならない損害を出したのであった。

ウエワクの教訓も、ホーランジアの経験も、なにひとつフィリピン空域の戦闘指導には生かされなかったのである。まったくバカバカしい限りである。

隔離病棟の生き地獄

マニラに着いて一週間は、なんとか身体が動いた私ではあったが、なにか一本、芯がぬけたような感じで、毎日が辛かった。

それでも、灯火管制のない明るいマニラの夜は、若い私の身体を、夜になると灯にたかる蛾のように夜の街にかりたてた。

太平洋戦争中のマニラ市内。着任した著者は毎晩のように繁華街を呑み歩いた。

四航軍の宿舎から、マビニの繁華街まで五分とかからないこともあって、まったく毎晩、呑み歩いた。興がのれば足をのばして、パサイのカフェーにも行ったものである。

パサイ地区には日本のカフェーが二軒あり、私は「赤玉」という店に馴染みの娘もつくり、マビニやパサイを歩くのが、日課のようになっていた。カフェーが看板になると、女給（当時はそう呼んだが、いまのホステスのこと）たちと宿舎が近いこともあって、毎晩、送りとどけた。

「山中さんは真面目な人だ」と、彼女たちがいっているのを聞いて、私は心の中で苦笑した。それまでの私を知っているやつらに言わせれば、どういうことになるか冷や汗ものだが、どうしたことか、マニラについて以来、性欲が全然なかったのである。

忘れもしない六月十日、その日はカフェーが休日で、私ははじめてその女給とデイトした。食事をしたあと、誘いに応じて彼女の部屋を訪れたが、そこには中央に大きなダブルベッドがあった。

彼女は部屋に入るやいなや、上衣をぬいで肌を出した。いわゆる〝すえ膳〟である。わかっていたが、私にはなにをすることもできなかった。

恥をかかせてはいけない、いけないと思いながらも、私は椅子に座ったままで時間をすごし、宿舎に帰った。

その夜、私は宿舎につくやいなや、まったくバッタリという形容そのままに倒れた。

そして翌日、私は緊急入院した。マニラ、いや全フィリピンの防空施設の不備を案じつつの入院であった。

最初の一週間は、病院でも私の病因はわからないままであった。おそらくカルテには、「神経衰弱すなわち敗戦病」と書かれていたのではあるまいか。一年半におよぶ第一線勤務の疲れが一度に吹き出したとでもいうべきものであったのだろう。

現に、私と同時に入院し、おなじ病棟にいた内田将之四航軍参謀は、私を見舞ってくれ、「山中、どうした、元気を出せ。聞けば、貴様は飯を食わないそうだが、飯だけは食わなければ駄目だぞ。固いものでもなんでも、食うんだ。そして、栄養をつけるんだ」

しかし、私の鬱病はなおらなかった。毎日、毎日が注射、注射の連続で、私の身体はもう針をさすところもなくなり、とうとう足の先の血管に針をさすというところまで衰弱してしまった。そして結局、「腸チフス」という診断で、隔離病棟に入ることになった。

抗性物質療法が発明されて以来、現在の日本には腸チフスという病気はなくなった。しかし、戦前ではもっとも治療のむずかしい病気の一つであった。というのも、病人の体力の回復を待つしか療法がなかったからだ。また、注射以外、栄養の補給は許されなかった。断食療法しか方法がなかったのである。

何日間か知らないが、私の口の中に入ったものとしては、毎日の午後に支給されるわずかのアイスクリームだけであった。

毎日が高熱の連続であり、その病身をねらってマラリアが再発し、全身にガタガタと震えのきたときは、べつに生きる希望を持っていた私ではなかったが、これがいわゆる生き地獄だと、自分自身、思ったものであった。

もう骨しか残っていない私の尻に、キニーネの注射をする看護婦の顔も、まったく悲しさで一杯だった。

その最悪の時点においても、私は意識だけはしっかりしていて、病院が発した危篤の報に、当時マニラにいたたった一人の近親者である同期生の喜悦正輝が、いつも枕頭に座っていてくれたことは忘れない（喜悦は昭和二十年四月、サイゴン上空で戦死している）。

いよいよ私の最後が近づいたと思われるある日、私は枕頭にどやどやと兵隊が五人あらわれたのを見て驚いた。

まだ空襲のなかったマニラでは、病院側も親切で、また余裕もあったのでもあろう、在マニラで私を知っていたと思われる、できるだけの将校兵士を集めてくれたのである。

それらの人々は、かつて私が内地で中隊長だったときの、またニューギニア戦線での部下たちで、かつての恐ろしかった中隊長の変わり果てた姿を見て、驚くばかりで、彼らはなにひとつ言う術もなかったと思われる。

そのとき、だれもがもう駄目だと思っただろう私は、しかし、奇蹟的に助かった。もともと私は熱に強い体質で、それは心臓が強いということでもあり、これが幸いして助かったのである。そのときの私には、生きることにたいする執念は皆無だった。虚無の精神状態だったのだから、助かったのは体質のよさのみによるものであったろう。

一週間以上もつづいた四十度を越す熱は、助かってみれば逆に、私の体内のすべての悪い要素を焼きはらってくれたことになり、私の体質は若返り現象を呈したことにもなった。あとは回復を待つだけだった。この腸チフスという病気は、現在ではもう日本にはないらしいが、いちばん大切な対応時期は回復期だといわれており、この間に暴食をするとか、固形物をとると、たとえそれが氷の固まりであっても、腸がやぶれて出血し、そのまま絶命するという厄介な病気なのである。

流動食をとるようになるまでの私には、戦争の推移など考える余裕など、あるはずもなかった。ただ無我夢中の一ヵ月であった。

八月に入り、病気も回復期にはいって、私はマニラが雨季に入っているのを知った。病床に聞く、激しい雨の音を耳にしながら、あらためて自分がこうして寝ていてよいのか、という思いにとらわれて愕然とした。

戦局はどうなっているのか、米軍はどこまで進攻して来ているのかが気になった。歩けるようになるのを待ちかねて、私は集会所にいき、新聞をむさぼり読んだ。そして、米軍機によってダバオが連日爆撃されているのを知り、その進攻速度の早いのに驚くとともに、きたるべきものは一刻の猶予もなく迫りつつあるのを感じた。

しかし、今度はそうやすやすとは、米軍の思うままにこのフィリピンを爆撃させはしないぞ、とも思った。

なぜなら、私はそのころの配備の進捗状況をまったく知らなかったが、私が入院していた二ヵ月の間に、かならずや航空情報網は、少なくとも作戦に支障のない程度にはできあがっていると思ったからである。

レーダー作動せず

私は第四航空軍に連絡して車を出してもらい、病院にはないしょで一日、四航軍司令部に出頭してみた。

参謀室にふらつく足どりで入ってみて驚いた。そこには、私の知っている顔は、石川泰知参謀以外いなかった。ニューギニアでいっしょだった歴戦の参謀は、みんな内地に帰ってしまっていたのである。

石川参謀は私にいった。

「航空情報網はまだ作動していない。航空情報隊に関しては、すべて航空通信団がやっている」

私は、再度、車を馳せて第二航空通信団にむかった。航空通信団はマラカニアン宮殿の前のホーリイゴースト学園にあり、団長は藤沢繁三少将であった。藤沢少将は旧知の人で、私が水戸航空通信学校の教官時代、ここの幹事をつとめており、航空通信の第一人者でもあった。

挨拶する私に、藤沢少将は、

「山中、いつ退院するのだ。退院しだい君は当部にくることになっている。早く来てくれ」

と言われた。

ついで、第二航空通信団の唯一の参謀である市川中佐、また高級部員の中島卓一少佐にも挨拶をした。市川中佐は地上通信の権威ということであったが、航空通信に転科後、まだ二ヵ月とのことであった。中島少佐は、私の航空士官学校時代の教官であり、上官というより恩師であり、兄貴的な人だった。

しかし、この二人に共通しているのは、二人とも実戦、とくに航空作戦にまったくの未経験者であるという点だった。

私はあらためて地図を前に、二人から説明を聞いたが、すべての計画は完璧であった。要点、要点にはすべてレーダーが配置されており、すでに展開も完了していた。しかし、そのいずれもが、現実に作動していないのが実情だった。

すなわち、このあとは現地展開部隊の活動に待つほか、方法のないというものであった。

朗報もあった。それは、現在、展開中の第九航空情報隊の欠を補うべく、第十航空情報連隊がレーダー中隊四、目視中隊四という陣容で、逐次、マニラに集結中であり、レーダー網の欠は目視でも補えるということだった。

要は、時間の問題であった。敵が果たしてこれら航空情報網の完成まで、待ってくれるかどうかだった。

期待と不安、半々の気持で、私は病院にもどった。しかし、このまま安易な病院生活をつづけることは、できないとも思った。

九月のはじめ、私は無理を承知で、また病院側の反対を押しきって退院し、即日、第二航空通信団部員に命課された。ニューギニア戦線での航空情報の実績をかわれて、私はフィリピン戦線へカムバックしたのであった。

退院した後、私はすぐ働くつもりで行動を起こそうと、希望と自信にあふれていた。しかし、どうしたことか、私の足はしびれたようになっており、歩けないのであった。そろりそろりとなら歩けたが、階段は絶対に登れなかった。病後の極度の栄養不足の結果だったのであろう。

また、私の髪は半分以上ぬけていて、まったくだれもまともには相手にしてくれない身体になってしまっていた。

廃人に近い身体の私は、あせった。必死になって、いまでいうリハビリテーションに励んだ。

忘れもしないのが、当時の恐ろしいまでの私の食欲であった。暴飲暴食は厳にいましめられてはいたが、下宿の食事では満足できず、用もないのに知人宅、とくに参謀宿舎にいき、そこにある高級食をむさぼり食ったものである。

下宿はマラカニアン宮殿の裏側にあった河野さんという邦人の家であり、河野夫人はあまりにひどい私の身体の状況を見て、特別に毎日、三回の入浴を準備してくれた。入浴により、機能のマヒした私の四肢を回復させようという有難い配慮であった。

軍医が毎日、ザルソの注射をしてくれるのだったが、

「私は軍医としてもう十年にもなるが、ヨイヨイの患者は君がはじめてだよ」

と、笑って語ってもくれた。

その間にも、敵は少しも進攻速度をおとさず、ペリリューが落ち、モロタイへの爆撃は毎日となっており、フィリピンへの進攻はもう時間の問題であった。

東京からは高田中佐を長とするレーダー作動促進チームがマニラに来ており、それらの技術者は各地のレーダー基地に出張して、けんめいの努力はつづけていた。しかし、実際のレーダーの作動は、きわめてスローにしか進んでいなかった。

米軍がフィリピンに手をかければ、日本軍は予定している捷一号作戦に、即日はいることになっていた。そのため、第二飛行師団司令部と一部の航空部隊は、すでにクラーク飛行場に集結しており、その日の来るのを、いまやおそしと待ちかまえてもいた。

しかし、何度も記したように、防空、とくにレーダーの作動は未完なのである。敵の空襲を予測する手段は、全然できていなかったのである。

応急の処置として目視による監視哨の配置すら、その兵力源たる第十航空情報連隊はマニ

ラに到着したばかりで、またさらに、この配備を強力に推進する知識のある高級指導者は、そのとき、マニラにはいなかったのである。

総括すると、レーダー網に関するかぎり、図上での展開は充分に処置ずみで、これらのレーダーが作動さえすれば、いちおうの敵襲は事前三十分前までには、各飛行場（ネグロス島をふくむ）の戦闘司令所にとどくことになっていた。たしかに、これらのレーダーが少なくともニューギニアのウエワクとおなじ程度の働きさえすれば、なんの心配もないはずであった。

これが、昭和十九年九月十五日現在の航空情報の現況である。

——私は私自身の眼で、これらレーダーの作動状況と、この情報網の伝達方法の現実を見るため、病軀に鞭打って各地を巡回することにした。

その第一は、レイテ島の突端にあるレーダー基地であり、その帰途、ネグロス島のバコロドの基地におもむき、その運用を指導することを企画した。

九月二十一日の朝、その日は私がレイテ島のタクロバン飛行場に出張する日であり、私の飛行機は午前九時に、ニコラス飛行場を離陸することになっていた。

出張の申告のため、私が団長室に入ったとき、藤沢少将はベランダに立っており、私の姿を認めると手招きで、ベランダに来るよう指示した。

ベランダはニコラス、ニルソンの両飛行場が、一目で見える位置にあり、私は藤沢少将と並んでその両飛行場を見下ろした。

私はその両飛行場で、見てはならない光景が展開しているのを知って、息をのんだ。

空いっぱいの米軍機、これを迎えうつ高射砲の弾幕、この間隙をついての友軍機の上昇、上昇途中で撃墜され、粉々になって落ちていく友軍戦闘機――ニューギニアだけでもう充分だったはずの奇襲を、われわれはまたしてもゆるしたのであった。

とうぜんのごとく、壊滅的な打撃をうけることとなった。敵機が頭上にきて、はじめて敵襲を知るという、まったく信じられない現象の続出であった。

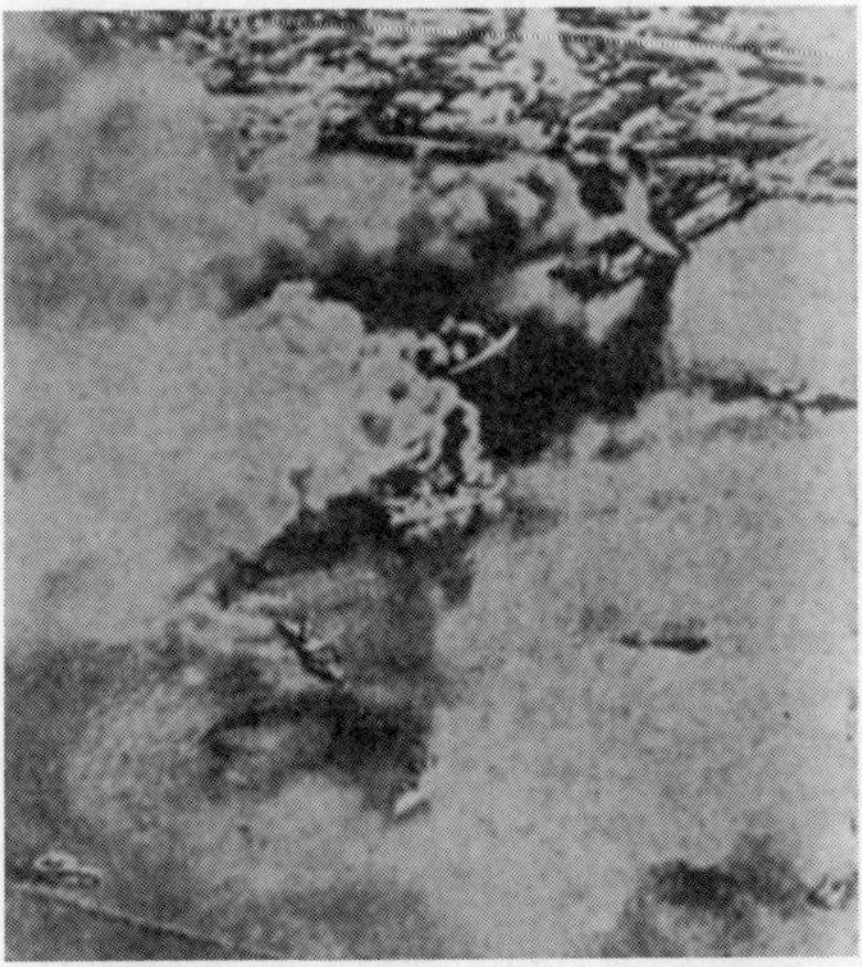

空襲をうけるマニラ（19年11月13日）。レーダー網は作動せず比島もニューギニアの轍をふんでしまった。

内地で勤労動員された人びとの血と汗の結晶である飛行機が、まったく無策のうちに、つぎつぎと炎上してゆくさまを見ては、日本軍首脳部の無策・無能以外の何物でもないのに腹がたった。

この八月五日に、内地では最高戦争指導会議が設置されたらしいが、このようなバカげた首脳部のやり方では、いくら飛行機を生産してもムダである。とぼしい資材をかき集めてつくったであろう飛行機を、みずからの手で焼却炉に投げ込むような戦争をして、戦いに勝てるはずがない。

しかも、これらの対策に大わらわで奔走すべき人たちは、そのすべてが人まかせであり、みずからが現地に出向いての指示・指導はぜんぜんなかった。なかったというよりは、関係する参謀、部員のすべてが無知であり、打つ手がなかったといった方がよいほどの実情であった。

机上のプランのみが先行し、実行のともなわなかったのが、フィリピン航空作戦準備の実体であった。

私がここにレーダーについてのみ詳記するのは、それが私の専門分野であったことにもよるが、この戦争におけるレーダーの活躍は、そのまま、日米航空の消長を意味するものであったからである。

日本はレーダーについて、まったく欧米におとっていた。記録によれば、日本がレーダーの実物を見たのは、シンガポール占領後、同地にあったレーダー施設を発見したのが最初であり、あわててその研究にとりかかったのが実情であった。

敵はわが攻撃のすくなくとも三十分前にはそれを察知し、対策を立てることができたのに対し、わが第一線の飛行場では、まったく敵の攻撃の予知ができなかったのである。

しかし、日本軍でも、やればできたのである。現に、ニューギニアの第一線飛行場であったウエワク周辺には、一年前に完成したレーダー網があり、昭和十八年八月二十日以降は、これが有効に作動し、どれだけニューギニア航空作戦を有利にしたか、その功績は大なるものがあったのである。

空中部隊の人たちにしてみれば、決戦場であるフィリピンの空が、敵にたいして開放されているとはツユ知らず、安心して進出してきて、いきなり頭から、なんの予告なしに叩かれたのでは、たまったものではなかったのである。

しょせん日本は、米国には勝てなかったであろう。しかし、その進攻の速度を遅らせることはできたはずである。

すなわち、第一線における数々の敵の奇襲を防いでいたら、国民の汗の産物である飛行機を、むざむざ地上で灰にすることはなかったはずである。

また、情報不足のため、不利な態勢で戦わざるを得なかった数多くのパイロットの死がなかったならば、あるいは戦勢は変わっていたかもわからない。いわゆる〝やま場〟をつくるチャンスは、その間に生まれたに違いないと思うからである。

三　第四航空軍司令官脱出す

徒手空拳の防衛体制

さて、待望の〝やま場〟が思いがけないところから生じた。ハルゼー提督のひきいる米機動部隊の台湾沖への来襲である。敵は四コ群――空母十六隻を基幹とする大艦隊で、十月十日より十六日にわたって台湾沖にあらわれ、台湾およびフィリピンに攻撃をくわえてきたのであった。

いわゆる『台湾沖航空戦』である。この戦闘こそ神が日本にあたえたもうた、日本にとっては最後ともいえる〝やま場〟の到来であった。

好機にはいつも手もちの飛行機の不足をなげいていた日本軍も、このときばかりは充分な兵力があった。記録によれば、海軍には約一千機、陸軍はフィリピンの第四航空軍だけでも三百五十機があったと記してある。

この戦闘の直後、大本営は大々的に戦果を発表した。日本中が大騒ぎして、この戦果に酔ったのであった。

私もかつて偵察将校としての訓練をうけた経歴があるが、どうしてあのとき、こんなにも現実とかけはなれた、まったく虚偽の戦果報告がなされたのか、いまもってわからない。日本軍の攻撃は主として夜間に決行されたので、戦果の見誤りがあったかも知れないとしても、昼間も攻撃をやっているのだ。夜間なら炎上する火の海で、戦果を大げさにカンちがいすることも、あるいはありうるであろう。しかし、フィリピンより出撃した日本軍の攻撃隊のほとんどは、昼間である。にもかかわらず、どうしてあの誇大報告が誤りであることがわからなかったのか。

偵察報告がつねにすべて正しいとはかぎらない。しかし、偵察者はけっして、誤った報告はしないことになっている。沈没していない空母を沈没したと報告するような偵察者はいないはずだし、飛行機乗りなら、すくなくともそれくらいの分別はあるはずである。

この台湾沖航空戦の誤った報告が、つづいて起こったレイテ戦に、どれだけ重大な影響をあたえたか。まったくはかり知れない致命的なものとなったのである。すなわち大本営は、待望の〝やま場〟の一つを乗り越えたと判断した。そしてつづいて起こったレイテ決戦に総力を注入すべく、強気の作戦にふみきったのである。

古来、戦場での様相は錯誤の連続であるといわれている。しかし、この錯誤を〝正しく判断する〟ことこそが、戦争指導者の任務ではなかろうか。海軍の報告を盲信した陸軍首脳部の無能さは、大いに責められるべきであり、まことに残念なことである。

もう一つ残念なことは、あのとき、なぜ特攻攻撃がなされなかったか、ということである。十日後に出された特攻攻撃の命令が、あのときに出されていたら、日本は〝やま場〟を乗り越えていたのではないか。

台湾沖航空戦の終わった翌日の十月十七日、敵はスルアン島、ついでレイテ島に上陸してきた。いわゆる『レイテ決戦』がはじまったのである。

台湾沖航空戦の戦果を盲信していた日本陸軍は、これを神機の到来と思った。こんどこそ地上戦でも勝てると思った。この戦いに米軍をやぶって、一気に終戦にもちこめると確信したのだ。

そして、先にも述べたように、このレイテ戦を、日米決戦の最後の〝やま場〟と信じて、これに賭けたのであった。もし台湾沖航空戦の虚偽の報告さえなければ、日本陸軍はけっしてレイテでの戦いはやらなかったはずである。

こうしてレイテの海に特攻機が突っ込み、レイテの空に落下傘部隊が舞いはしたが、大勢をくつがえすことはできなかった。

レイテ戦が実質的に終了したのが十二月十日であり、それを見とどけたかのように、米軍は十二月十五日、ミンドロ島に上陸してきた。

レイテの戦闘は激烈であり、その動向の一コマ一コマはマニラにいたわれわれにとっても、毎日の最大の関心事ではあった。

しかし、それは遠く海のかなたの出来事であり、マニラでの生活には直接の影響をおよぼ

レイテ島に上陸する米軍。台湾沖航空戦の誇大な戦果報告により、陸軍はレイテを最後の決戦場と信じこんで、ルソン決戦のために準備されたかけがえのない兵力と資材を投入してしまった。

さなかった。心配はしつつも、われわれの毎日の生活には、まだ安逸さがあった。

マニラでは酒も女もある生活だった。しかし、敵がミンドロ島に進出してきた以上、もうマニラだけでなく、ルソン島全域が第一線になったことをつげていた。

こんどはいつ、どこへ米軍は上陸してくるのであろうか。それはもういつでも、また、どこへでも可能であった。レイテ決戦以後、日本にはもう主導力はなくなっていた。

それにしてもおしまれるのは、ルソン決戦のために準備した当時の最精鋭部隊であった第一師団、第二十六師団、第六十八旅団を、誤った台湾沖航空戦の勝利を信じて、みすみすレイテに投入してしまったことだ。

この戦力がルソン島に残っていれば、あるいはと、いまさらながら悔やまれてならない。

というのは、第一師団のレイテ揚陸は成功したが、他の部隊の装備、弾薬はすべて海没してしまったからで、この資材だけでもルソン決戦では、かけがえのない大切なものだったからである。

敵のミンドロ島への上陸にともない、ややおそきに失したものの、全ルソン島の日本軍は、米軍をむかえうつ態勢に移行していった。

非戦闘員である老人、婦女子、さらには病人らのマニラよりの退避、軍需品の搬出などの手段がとられ、第八師団を基幹とする振武集団はマニラ東方山地に陣地を構築し、山下奉文大将は昭和二十年一月二日、北部ルソンの拠点を構成するためマニラを去り、バギオに転進していった。

昭和二十年一月二日現在、マニラに残っていた主な部隊は、第四航空軍と海軍の南西方面艦隊であった。

第四航空軍司令官の冨永恭次中将は、『マニラ死守』論者であった。彼のマニラ死守論は、たぶんに個人的な感情にもとづくものであり、戦術的なものではなかった。航空部隊は飛行機があって、はじめてその活躍の場があるもので、肝心の飛行機のなくなった現在、いたずらにマニラにとどまるのは、彼の私情に発する感傷にすぎないものであった。彼は、

「お前たちばかりを死地に投ずるのではない。私もかならず、お前たちにつづく」

と、特攻隊の若いパイロットへの公約をつらぬくつもりではあっただろう。

けれども、彼の傘下にある二万名にもおよぶ航空部隊の将兵にしてみれば、彼の個人的感傷の道づれにされることは納得のできないことであった。

つぎに、マニラに司令部をおく南西方面艦隊も、第四航空軍とおなじくマニラ死守論を主張した。彼らもまた海軍である以上、海があってはじめて戦いうるもので、海をすてて内陸、とくに山に入ってなにができようとの趣旨で、強硬にマニラ死守を主張した。

思うに、この説は海軍としてはスジの通ったものではあった。しかし、マニラ市における戦闘は、海を背にして戦うもので、制空、制海権のなくなったこの時点での戦闘は、離島での戦闘とおなじであって、はじめから玉砕戦法であり、希望のないものであった。

いずれにもせよ、まったく勝算のない陸軍航空、海軍部隊は、その数五万名にものぼるが、彼らはいたずらに徒手空拳のかたちで、なかば〝やけくそ〟の気持で米軍の来攻をまっていた、というのが実情であった。

決心変更の日

昭和二十年一月二日、海軍の偵察機は敵の動きの変化を察知し、米軍のルソン島進攻がまぢかいことを報告した。

そしてついに、運命の一月五日がやってきた。わが陸軍航空の偵察機は、敵の大船団がマニラ西方百五十カイリの地点を北上しているのを発見したのである。

その米軍の行動は、まさに人をくったものだった。これほどの大船団の北上をなぜ、それまで発見できなかったのか、判断に苦しむほどのものであった。マニラ近海はそのときすでに、さながら米軍自家用の池になっていたのであり、日本の制空権がいかに貧弱であったかを物語る証拠でもあった。

この報にもとづき、四航軍はすでに五十機にもみたなくなっていた手もちの全機を、特攻機として出撃させた。そして、地上部隊にたいしては、はじめて、今後いかに行動すべきかの的確な指針となるべき命令を出した。それは、

「敵地上軍の進攻がマニラ基点二百キロの地点にたっした時機をもって、マニラ東方山地の振武集団長の指揮下に入るべし」

というものであった。しかし、命令文の最後に、

「余はマニラに在り」

と明記されていた。すなわち、冨永軍司令官はそのとき、いまだに自分だけはマニラを死守し、若くして散っていった特攻隊の人びとのあとを追おうと、かたく心に誓っていたにちがいない。

私は前年の十月から第十航空情報連隊付の高級将校となっていたが、この命令を読んで感動した。はじめて冨永軍司令官の崇高な気持にうたれた。また軍人としての彼を身近に感じた。そして、私も軍司令官とともにマニラに残ろうと思った。

飛行機はもうない。しかし、飛行場はある。私は生粋の航空兵将校として、山中で死ぬより、このマニラ飛行場群のなかで死ぬのが私の宿命であり、また義務であるとも思った。た

とえ私一人だけになったとしても、冨永軍司令官に殉ずべきだと考えた。

ところが、状況は一変した。それは、上記命令の出たつぎの日、一月七日のことであった。

その日の早朝、私は四航軍の佐伯正隆参謀を中心とする在マニラ航空部隊の幹部十名とともに、モンタルバンの振武集団司令部に、前日発令された四航軍の命令にもとづく同集団との打ち合わせのため出発した。

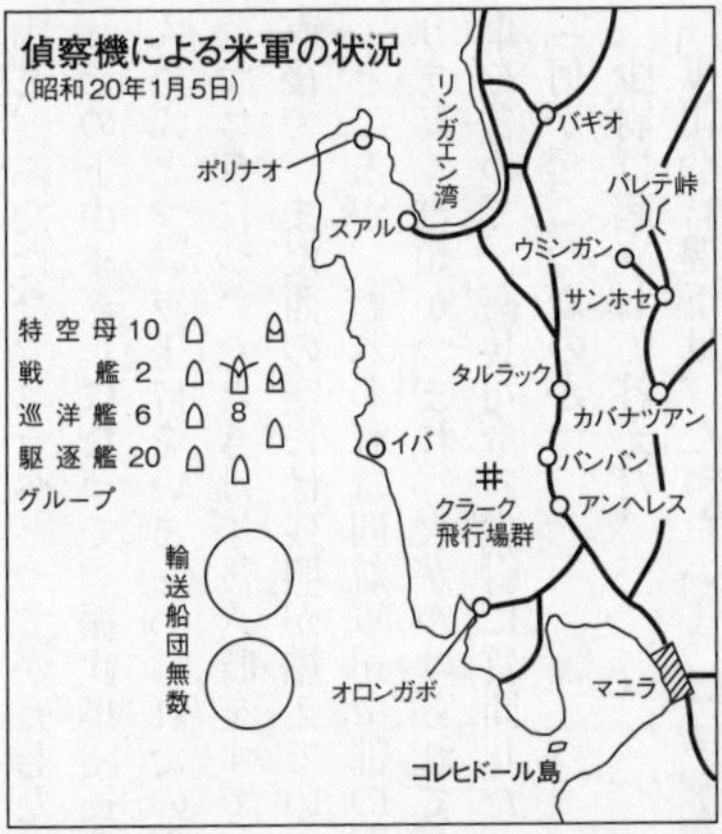

一行の乗った車三台が四航軍の衛兵所まえを通過したとき、四航軍司令部は平素とまったく変わったところはなかった。わずかに変わった点は、新しく着任した落下傘部隊の将兵が門前付近に、陣地構築をはじめていたぐらいのものであった。

モンタルバンまでの道は狭小ではあったが、車の通行には問題なく、われわれは車行三時間で振武集団の司令部に着くことができた。

大きな洞窟のなかにあるりっぱな部屋で、われわれは振武集団の参謀長と会い、長い時間をかけて細部にわたって話し合った。

振武司令部は航空部隊の優秀な装備に期待しており、とくに通信部隊の早期入山を希望していた。

昼食後、われわれは敵の空襲の合い間をぬって下山し、ふたたびマニラへとってかえした。

その下山まぎわになって、振武集団長の横山静雄中将が、わざわざわれわれと面接し、こんこんとマニラ玉砕をいましめられたのが忘れられない。

マニラについたときは午後六時をすでにまわっており、マニラ湾の壮麗な落日が終了した直後で、まだ西の空には残照が燃えていた。

ところが、われわれは四航軍司令部の門をくぐるや、奇妙な異変に気がついた。玄関前にうず高く書類がつまれ、火がかけられており、多くの将兵が右往左往している。佐伯参謀は車をとめて、衛兵司令の少尉に質問した。

「何が起こったのか」

少尉は起立して答えた。

「軍司令官閣下は、たったいま、エチアゲに出発されました!」

これが冨永軍司令官の有名な『決心変更』そのものであった。

私はいそぎ参謀室に入っていった。いつも多忙をきわめたこの部屋にも、いまはたった一人、佐藤雅己通信参謀のみが、黙念として椅子にかけており、私の入ってくるのを見ると、

「山中、ご苦労だった。しかし、もうマニラ死守は終わったよ。オレは明朝、飛行機でエチアゲに発つ。いずれ向こうで会おう」

といい残して、佐伯参謀といっしょに室を出ていった。

思えば、これが佐藤参謀との永遠の別れであった。彼は翌朝、ニコラス飛行場の上空で散

華したのである。彼は私のもっとも畏敬していた水戸飛行学校いらいの、教官であり、先輩であった。

私は茫然として、司令部をあとにした。驚きはやがてはげしい怒りに変わっていった。いまさら、マニラを捨ててどうなるのだ。多くの特攻の若人を送ったこのマニラで、彼らとともに死のうと誓ったのは、いったいだれだったのだ。「だまされた」と思った。肩すかしをくったという気持だった。

事実、勇将冨永は、この日を機に終生、弱将になりさがり、闘志いっぱいのマニラ航空部隊は弱兵集団になりはてて、三々五々、列を乱してマニラを後に北上して行ったのである。冨永という人は〝天才と狂人〟の資質を二つながらもっていた人で、いわゆる典型的なワンマンであった。

4航軍司令官・冨永恭次中将。著者は決心変更を知って、肩すかしをくった気持だった。

ある真夜中、突然、軍司令部に車で乗りつけ、地下にあった情報室に入ってきて、そこに勤務している私の報告に対して、なんの会釈も答礼もせず、また一言も発せず、いらいらと室内を歩きまわり、ぷいと室を出て行くのがつねであった。明らかに心中のいらいらをもてあましている、という感じであった。

しょせん、彼は能吏ではあったが、指揮官ではなかった。古来いわれている名指揮官、名将軍の所有するあたたかい、いわゆる親分的体質は寸毫も持ちあわせていなかった。

エチアゲにて勤務せよ

混乱の軍司令部をあとにして、私がマニラ東方にあるサンターナの第十航空情報連隊本部に帰ってみると、そこでは第二航空通信団参謀の中島卓一少佐を中心として、二人の部隊長——第九航空情報隊長の花房金丸少佐と第十航空情報連隊長の村上実中佐——が協議中であった。

しかし、すでに対策案はきまっていたらしく、私の顔を見ると、即刻、わが直属の部隊長である村上実中佐はつぎの命令を私につたえた。

「山中少佐は、北部ルソン航空情報部隊長となり、在マニラ二コ中隊、在ツゲガラオ、在アパリ、その他の北部ルソンに展開中の航空情報隊のすべてを指揮し、エチアゲにありて勤務すべし。出発の時機を明夕とする」

命令を受領したのち、私は一日で準備をととのえ、八日の夕方、日の暮れるのをまってマニラを後にした。先行の一コ中隊を中心とする、トラック十五台をつらねての行軍である。

この日、米軍はついにリンガエン付近に上陸を開始したもようで、マニラより北上する道路は、米機がシラミつぶしの銃爆撃をくわえており、橋梁もすべて破壊されているとの情報も入っていた。

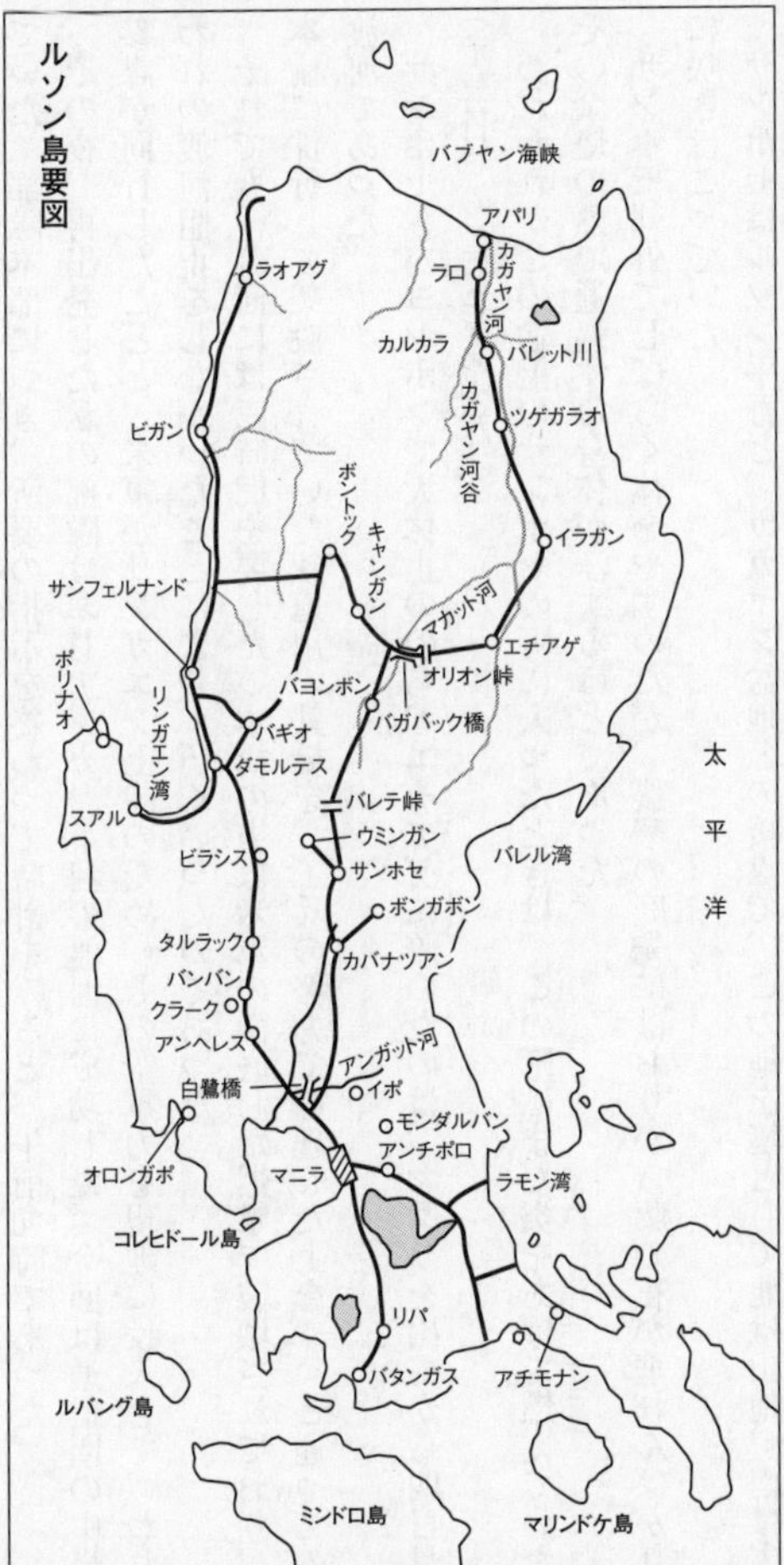

ルソン島要図

はたせるかな、マニラを出て三時間後、平坦地に出たとたん、待ってましたといわんばかりの敵飛行機の攻撃をうけ、三台の車が道路側の溝につっこみ、前進できなくなった。

私は今夜中にこの行軍の最大の難所である、アンガット河にかかる白鷺橋を渡河するのが不可能なことを知って、車をマニラに引き返した。マニラに帰ったときは、すでに夜は明けていた。部隊本部につき、所要の指示を終わって時計をみると、午前九時であった。

その夜、再出発した私の部隊はぶじアンガット河の渡河に成功した。今回は通信団の中島参謀が同行したことと、米軍がリンガエン上陸のため、その空軍力を現地に投入して、われわれの渡河阻止をしなかったことにより、巧くいったのであった。

それでも、渡河には三時間を要した。本橋の方は米軍の徹底した爆撃で破壊されており、本橋に併行して架設されていた鉄道用の鉄橋を、工兵の努力で修理した上をやっと通っての渡河であった。

サンホセ、バヨンボンで大休止ののち、エチアゲに着いたのは、マニラを出てから四日目（十三日）のことであった。

われわれがこの途上のサンホセの町に入ったときは、この町はまだ炎をあげて燃えていた。その余燼の熱で通過する身体が汗するほどであった。

サンホセ郊外でしばらく体をやすめたが、農家の庭先にはおりから藤の花が垂れんばかりに咲きほこっていた。

サンホセはルソン平野と、カガヤン盆地との接点で、この地を境として北は山地、南は広漠たるルソン平野となる。マニラを中心とする国有鉄道も、この地までのびており（後には途中カバナツアン市を終点としている）、作戦上からもまさに扇のかなめのようなところであった。つまりは北部ルソン地区にたてこもる二十万の日本人の必需品を、同地区に搬入する入口だったのである。

米軍がリンガエンに進攻してきたとき、それらの物資はまだ搬入途中であり、このサンホセを中心として、必死の搬入作戦が展開されていた。したがって、もし、このサンホセを早期に米軍の手に渡すことは、二十万日本軍の死命を断つことでもあった。

敵上陸地点よりサンホセまでは、わずか百キロしかない。平時なら半日もかからない距離である。この地域をとにもかくにも、比較にならぬ装備の日本軍が約一ヵ月もちこたえたのだから、いかにわが軍が善戦したかわかろうというものである。

リンガエン湾に面して、日本軍は右より虎（第十九師団）、旭（第二十三師団）、盟（独立第五十八旅団）の各兵団をならべ、旭兵団の後方に撃（戦車機甲師団）兵団をひかえさせて、敵の来攻にそなえた。

こうして東西南北百キロでかこむ、ルソンの平野での彼我の攻防戦の幕は切っておとされたのである。

そして想像の極限をこえる米軍の猛砲撃にたえたのち、盟・旭の各部隊は後方の陣地にさがった。敵は必然的に撃兵団に襲いかかってきた。

野戦上、重要と思われるすべての集落に展開していたわが戦車部隊は、車体を地中にうめ、これをトーチカ化して果敢にうけて立ったが、日本の戦車は残念ながら、米国の戦車に歯が立たなかった。

わが戦車砲の射撃では、至近距離（七十メートル）に入らなければ、敵戦車を撃破できないのにたいして、敵戦車はその射距離よりはるかかなたから、わが戦車をとらえて炎上させることが可能であった。

また空軍の協力のないわが軍は、夜間の機動しかできない実情もあって、一つまた一つと展開地点を奪取されていき、結局、二月上旬、兵団としての能力を失い、後方山地に後退せざるをえなかったのである。結論的にいえば、日米戦力の差を、これほど如実にしめした戦闘はなかった。

しかし、この撃兵団の敢闘により前述したサンホセ付近に山積みされていた糧秣、弾薬、その他二十万人の今後六ヵ月の生活をささえうる物資は、からくもわが陣地内に搬入できたのである。

厳しすぎた現実

つぎの日、私はバレテ峠をこえてバヨンボンに入った。この町はまったく無傷で、爆撃の痕《あと》はまったく見られなかった。それどころか、道路わきに現地の子供たちが果物をならべて売ってさえいた。値段は高かったが、とにもかくにもまだ軍票で品物が買えるという、マニラでは考えられないひなびた田舎の町であり、戦争ずれのしていないところだった。

この地が、それより二週間後、大爆撃をうけて全壊するとは、想像すらできない平和郷であった。

これはいったんエチアゲに到着したあとのことだが、このバヨンボンの町には、忘れられない二つの思い出がある。その第一は田中中尉のことである。

ある日のこと、私は突然、田中中尉の来訪をうけた。このとき私は第二航空通信団長・藤沢繁三中将の護衛任務をおびて、エチアゲよりこの地にきており、バヨンボンの横を流れるマカット河（カガヤン河の上流）の対岸の地にいたのであったが、彼の突然の出頭にはおどろかされた。

彼は、昭和十九年末、私の所属していた第十航空情報連隊に、内地から着任した。着任そうそうリンガエン湾南端のポリナオに小隊長として派遣されたが、航空士官学校出身のりっぱな青年将校であった。

彼が任地のポリナオに着いた日時は私にはわからないが、とにかく着任して一週間前後のこと、アメリカの大船団が彼の眼前に出現したのである。米軍は上陸するまえ、二日三晩にわたって付近の徹底的な艦砲射撃を行なった。

私もかつてニューギニアのホーランジアで、艦砲の洗礼をうけた経験があったが、しかしそのときは、一回かぎりの砲撃で終わった。それでも、そのときうけたショックは筆舌につくしがたいものがあった。それを田中中尉は二日三晩にわたりうけたのである。

彼が地上部隊の指揮官であったなら、これほどのショックはうけなかったにちがいない。なぜならば地上軍は、あらかじめ物心にわたる用意と、覚悟ができているからである。しかし、この若い航空部隊の中尉には、すべてがはじめての経験、というよりも、むちゃくちゃな試練であった。

当時、内地にいた多くの青年将校、とくに士官学校出の将校は、第一線への配属を熱望し

2日3晩にわたる猛烈な艦砲射撃と爆撃ののち、1月9日、リンガエン湾に上陸する米軍。ショックをうけた田中中尉の姿に、著者は米軍の砲火のすさまじさを想像し、背すじが寒くなった。

た。その勤務が死への道につながっていることを、けっして恐れなかった。彼らはそこにロマンさえも感じていた。

しかし、この田中中尉にとっては、現実はあまりにも厳しすぎた。米軍の田中中尉初陣へのはなむけは、いささか度がすぎたようだ。彼には現地守備の命令はなかったので、放心状態で後方へしりぞき、私のいるのを知って、旧部隊の上官である私のところへやってきたのである。

私が彼の異状さに気がつくには、さほどの時間は必要でなかった。彼が私に帰還の報告をしているとき、マカット河の対岸に空襲があった。空襲というより爆音がしたといった方がよいくらいのものだったが、彼はいきなり地面に伏して、顔を上げないのである。

私は、この種の傾向をもっている人は多

数知っていたし、私自身にも若干この傾向はあったが、この田中中尉の行動は異状すぎた。

その後も彼の挙動については、見るともなく見ていたが、彼は日中はけっして戸外に出ないなど、すでに完全に常人の域を脱しており、彼に新しい任務を課すことは無意味だとさとった。

私は、彼の行動を見るにつけ、いまさらのように、いかに当時の米軍の艦砲射撃がすごかったかを想像し、背すじの寒くなるのをおぼえた。

ちなみに、彼の位置したポリナオは、海岸づたいにクラーク地区にも通じており、当時、約一コ連隊ほどの兵力が配備されていたが、戦史によると日本軍は全滅し、全員消えてなくなった、とだけ記されている。つまり、一兵の生存者もいないのである。

もう一つの思い出も、藤沢団長を護衛してきたときのことだったが、私の後続部隊が二人の女性をつれて追及してきたことである。一人は年増で、他の一人は若く、ともになかなかの美人であった。

この二人は、マニラ市中央部のパコマーケット付近にあった日本料理店で働く、いわゆる芸者であった。同行した理由はさだかでないが、昭和十九年十二月、ほとんどのマニラ在住の婦女子が同地を退避したとき、それにくわわらないで市内に残っていたもので、マニラ最後の退出部隊と思われたわが追及部隊に、その身を託したとのことである。

マニラに残留した婦女子にはいろいろな理由があったが、その多くは愛人関係にある男が、マニラに残っているので、それと行をともにするというものである。しかし、その男のほとんどは軍に徴用され、軍人として勤務することになり、マニラに残る意味がなくなり、また婦女子の世話をしていた兵站監部の強い勧告もあって、この二人もマニラを後にしたものと思われる。

私はこの二人が働いていた料理屋（鶯吟閣といった）には、前年の十一月、十二月には、ほとんど連日入りびたっていたので、この二人とも顔なじみであり、とくに年増の方とは酒席でも何度もいっしょになっており、一度だけではあったが酔ったあげく、彼女の部屋に入り込むといういきさつのある仲でもあった。

私はこの二人の処遇について、心をいためた。はっきりいえば迷惑であった。だが、彼女たちもいまはもう芸者ではなく、日本婦人である。軍で庇護し、世話をすべき邦人である。

私はこの二人を私の宿舎にとめ、いっしょに生活することにした。一週間だけであったが、毎日三度の食事をともにし、境はあったが、低い小屋がけの下で寝起きをともにした。

二人は夜になると、かならず水浴に行くのだが、私の当番兵が警戒のため銃を片手に同行した。将校会食のときは、彼女たちが料理をつくり、当然のごとく酒のサービスをした。二、三日たったころの昼食のさい、

「部隊長さん、今夜はお客さんはありませんの？」

と質問を発して、私を困惑させた。彼女らは商売がらか、打ち合わせにくる将校までも〝お客〟とよんだのである。

女性がいるというニュースが付近の部隊につたわると、毎朝のラジオ体操のとき、あちこ

ちから兵隊が集まってきて、なかなかの騒ぎであった。

私がバヨンボンを去ってのちも、しばらくは私のバヨンボン残置隊に同居していたよしであるが、戦況の緊迫にともない、兵站監部にひきとられたとのことである。

部下とともに在るべし

さて、最終目的地であったエチアゲは、陸軍航空の虎の子の作戦飛行場であった。ここでは戦闘隊、偵察隊、各一コ中隊の兵力で、一月から五月まで作戦活動をしていた。

米軍がエチアゲに突入した六月十四日の未明、ちかくに米軍の砲声が聞こえるなかを、偵察隊の最後の一機がこの飛行場を離陸し、台湾に向かった。これが日本陸軍フィリピン航空作戦の事実上の終焉であった。

私がマニラより北上し、このエチアゲに到着したのは、一月十三日ごろだったが、この町はまだ爆撃の洗礼もうけていない、まずは完全な姿をとどめる町であり、中央部にある広場の早朝は、高原の冷気のなかで、じつに爽快な雰囲気であった。

わが部隊は、町なかを流れるカガヤン河の大きな堤防に横穴をほり、そこに通信所をもうけた。

到着後、十日間は平穏な日々であった。私は毎日、滔々と流れるカガヤン河のほとりに腰をおろして、朝夕、定期的に飛来する名も知らない何百羽もの鳥の群れをながめるのが、日課だった。そんなときには、遠くマニラに残してきた人びとのことが、かならず思い出された。

ところが、一月も末になるころ、突如として強烈な米軍の爆撃が、この平和なエチアゲ地区を襲った。逃げまどう現地人たちの姿と、その絶叫はいまでも忘れられない。

そのころには、すでに記したとおり、私の後続部隊である一コ中隊も追及してきていて、部隊は全部で二コ中隊になっていた。

当時の私の部隊は、通信というだけの任務達成のためには、多すぎるほどの兵員と装備をもっていた。そのせいか、直属上司である通信団長の藤沢繁三中将は、私の部隊を彼の旗本部隊として、その警備に当てるつもりらしく、バヨンボンの場合のように、彼の行くところ、かならず私と私の部隊の所要の兵力の同行を命じた。

通信団というのは、第二航空通信団の略称で、第四航空軍に直接隷属しており、第四航空軍傘下の通信関係部隊を一括指揮していた部隊で、昭和十九年六月、満州よりマニラにきていたものである。

第四航空軍のエチアゲ転進にともない、この通信団もわれわれ傘下通信部隊をひきつれて、ここエチアゲに位置していたのである。

昭和二十年二月末、私が台湾への移動の命令をうけるまで、二回もこの地から西南百キロのバヨンボンまで、藤沢団長に同行させられたのをおぼえている。

二月の終わりごろ、通信団関係部隊のなかから、私を筆頭に十名の将校が選抜され、『航空通信特種技能者』という名のもとに、台湾への移動命令がだされた。私はこの命令をうけたとき、指揮官としての心のジレンマになやんだ。

私の部隊は去る一月八日、とつぜん編成されたもので、これは第四航空軍司令官のエチアゲ転進に対応する処置だった。それまで私は、通信団からの派遣参謀的な立場にあり、母隊である第十航空情報連隊、第九航空情報隊の指揮そのものには関係のない立場にあった。しかし、いまは部隊長であることに変わりはなかった。

部隊長たるものが、その部下を前線に残して、後退してよいものであろうか。私は「命令」だと、自分自身にいいきかせてエチアゲを発った。しかし、胸の痛みは四十数年後なお残っている。

この意味において私は、

「特攻隊の青年たちと、かならず行をともにする。お前たちだけを死なすのではない。私もかならずお前たちにつづく」

と公約していながら、台湾へ逃避した第四航空軍司令官・冨永恭次中将以下の高級幹部たちを責めることはできない。

その理由さえ正当で、正規の命令さえうければ、指揮官は部下を残して第一線を去ってよいのか。不可である。第一線指揮官はたとえ命令であっても、その命令を拒否し、部下とともにいるべきなのだ。それこそが、第一線指揮官としての心意気であるはずだ。

生命より名こそ惜しけれ——この気持が、当時の私にはたしてあったといえるか。軍隊において、命令は絶対である。しかし、命令の名のもとに信義は忘れ去られてよいのか。

物いえぬ下級者は第一線に残され、発言力のある、また能力ありと目される上級者は、たとえ指揮官であれ、命令の名のもとに第一線を去ってゆく。心苦しい思い出である。

私を先任者とする二十一名の航空通信特種技能者の一行は、二月の末、二台のトラックでエチアゲを出発し、三日を要してツゲガラオに到着した。このときエチアゲの飛行場大隊より、少尉を長とする二コ分隊の護衛兵がわれわれを守ってくれたが、私は車上で彼らにすまない気持でいっぱいであった。

彼らは内地に帰るわれわれを護衛しているが、任務が終わればまたエチアゲに帰る運命にある。送られる者には希望があり、送る者には絶望のみがあった。

戦場の別れは悲しいものである。それは即、死別を意味するからである。ただ、去る者、送る者、いずれが先に死ぬかは、神のみぞ知るというのが、現実であった。

不文律をおかしたもの

ツゲガラオの街並みはわれわれの到着したとき、すでにまったくの灰燼に帰しており、まともな形を残している建物は市庁舎のみであった。

このツゲガラオ市というのは、エチアゲとアパリのちょうど中間地点にあり、この地方の州庁のある中心的な市で、広い飛行場が街の中心地より三キロのところにあり、当時は主として台湾とフィリピンとの連絡飛行場として使用されていた。

市中にはもちろん住民は一人もおらず、多くの住民は未練げに、街をとりまく近郊に疎開していたが、私の見たところでも、またその後の私の通過したフィリピン農村の実情からしても、この地方がいちばん食糧事情のわるいところだったようだ。しばらく私たちが起居した農家にしても、米を食べているのを見たことはなく、ひどいときは付近の川でとれたと思われる小魚のみを、むして食べていたのが痛々しかった。それでも彼らの食事どきにたまたまわれわれがその場を通ると、主人がその乏しい小魚をいっしょにと、すすめるのは本当に気の毒でもあり、一面、フィリピン人気質がよくあらわれているとも思った。

ただ一つだけ残っていた市庁舎には、翼兵団（第四飛行師団）の連絡所があり、佐伯公士大尉がこの地から台湾に向け転進する人たちの世話をしていた。

私がこの連絡所にはじめて出頭したとき、佐伯大尉は私につぎのようにいった。

「山中さん、遅かったですね。きのうお出でになれば、けさの飛行機に乗れたんですのに……」

きけば、われわれ通信関係特種技能者を台湾にはこぶ飛行機は、第四航空軍飛行班の飛行機だとのことで、その飛行機はけさ出発したばかりなので、こんどはいつ来るかわからないということであった。

「毎日、夕方になったら、連絡者をここに待機させてください。また宿舎は飛行場に三十分以内に到着できる場所にしてください」

との指示をうけ、私は宿舎に帰った。

通信関係特種技能者というのは、在エチアゲの航空通信部隊中よりとくに優秀な人を選抜したもので、将校十名と、内地に帰れなくなっていた多摩技術研究所の技術者十一名、合計二十一名よりなっていた。私は階級がいちばん上だったので、自然にそのグループのリーダーをつとめていた。

われわれの宿舎とツゲガラオの市街は、カガヤン河をはさんで歩いて三十分のところにあった。渡河点は交通の要衝だから、当然のこと橋がかかっていたはずだが、なぜか当時は橋がなく、河の中を歩いて渡ったものだった。

しかも渡河するときは、不思議にかならずといってよいほど、空襲があり、河の真ん中で逃げ場をうしない、水のなかに沈んで、敵機をやりすごすということが何度かあった。

待てどくらせど、台湾行きの迎えの飛行機はいっこうにきたらず、反面、敵の爆撃は日一日とはげしくなってきた。これ以上、飛行場より三十分以内の地に住むことはきわめて危険になってきた。

こまった私はある日、佐伯大尉のところへひとりで出むいて、今後の輸送状況をきいてみた。

「山中さん、輸送予定機はもう三分の一にへっており、あなたたちに割り当てられている四航軍の飛行機は、その後ぜんぜんきません。一方、輸送すべき人員は四百名以上も残っています。いまの私の任務は、かぎられた飛行機で、この四百名をいかにして台湾に送るかにあります。しかし現実には、それはもう不可能になっています。

送る人員を半分か、いや三分の一にする必要があるのです。あなたのグループもそうしなければなりません。どうでしょうか、あなたの提出されている台湾行きのリストを、このさい半分にして、再提出していただけませんか。真に実力ある者を選んで、リストをつくって下さい。再提出分の人員の輸送は、私が責任をもってやりますから……」

　これには私は困ってしまった。なぜなら、私がこのグループの連中と会ったのは、エチアゲを出発したときがはじめてで、その連中のうち一名をのぞいては、経歴も能力もまったく知らなかったからである。

　したがって、いま佐伯大尉がリストを作りなおせといっても、できるはずはない。そこでやむをえず、私をのぞいて階級が上の者から将校六名、技術者四名の名を記入して再提出した。私の名をのぞいたのは、最上級者は逃避の場合は残るという不文律が軍隊にはあったからである。

　佐伯大尉は、私の提出したリストを一瞥すると、それを私に突きかえして強い口調でいった。

「これは私の希望しているリストではありません。あなたはなぜ自分の名前を記入するのをためらうのです。貴重な戦闘体験者はこのグループで、山中さん、あなただけではありませんか。もう面子《めんつ》にこだわるときではありません。不必要な人間を送り返すだけの余裕はもうないのですから……」

返す言葉もなく、私はまたリストを作りなおした。こんどは私の名前をまっさきに記入し、私の次席の者をリストからのぞいた。そして、いうにいわれない、後ろめたさを身におぼえた。

軍隊というところは、倫理的にむずかしい社会である。卑怯な態度は、絶対にゆるさない社会である。上級者が下級者を残して戦場を去る、ということは慎むべきことなのである。これをあえて行なえば必然的に非難され、信頼を失う。先にリストから、私が自分の名前をはずしたのは、この理念にしたがったからである。軍人ならとうぜんの処置なのである。それを佐伯大尉に注意されたとはいえ、リーダーたる私が、私の手で私の名前を台湾ゆきのリストに記入したとなると、これは問題である。実力とか、能力の有無ではない、常識論であった。

その日、私が宿舎に帰り、このむねを全員に告げたとき、リストもれした者は、明らかに私にたいする不満と、侮蔑の色をあらわにした。

皮肉なことにつぎの日、空輸による台湾移動は正式に中止ときまり、今後の台湾転進はすべて舟艇によることとなり、われわれはアパリまで行軍せざるをえないこととなった。そして、それから終戦まで、二名の戦没者をのぞき、このグループは最後までいっしょであった。山に入ってのちは、私は部隊長、他の者は部下となったのであるが、彼らの私への不信は消えなかったであろうし、私の胸も晴れることはなかった。

満天の星空のもと

ツゲガラオよりアパリまでは歩行で、五日もかかる行軍となった。陽の明るい間は、危険で絶対に動けない。陽の落ちるのを待ちかねて、出発するのをつねとした。マンゴーの大樹の下に集合していると、かならず敵機のその日最後の機銃掃射があった。彼らはわれわれの行動を知っているらしく、落日直後の集落掃射をかならず行なうのであった。

ルソン島の四月はまったくの乾季であり、道路そのものはよかったが、平地にでると遮蔽地はまったくなかった。満天の星空の下を行軍していると、意地わるな米軍機が、夜間でも急に飛来することがあり、爆音のたびに地面に伏して、敵機の飛び去るのを見つめた。

空にはつねに北斗七星が大きくかがやいていた。あの星の下に日本があるのだなと思いながら、この星をめがけて毎夜歩いたものだ。歩いていく四周はほとんどが砂糖キビ畑であり、またその収穫期でもあったので、各人つねに適当な長さの砂糖キビを折りとって、ガリガリかじりながら行軍したものだ。

夜が明けかけると、大急ぎで最寄りの森かげの集落を見つけては、もぐり込むのだった。どの村もすでに住民はおらず、まったくの空き屋であったが、家の中には調度品もそのままの家が多かった。倉庫にはモミがいっぱい置いてあり、ニワトリもたくさん残っていた。手なれた兵たちは、すばやく家中をさがしまわって、〝バシ〟という名の原地酒を見つけては飲んだものだった。

苦しい行軍ののち、アパリ地区に着いたのは四月二十日ごろと記憶しているが、そのときのアパリはまったくの平和郷であった。集落には住民が定住しており、食糧はふんだんにあった。

われわれは三々五々、最寄りの民家に入り込み、そのなかで生活した。そして、アパリ港に入ってくるであろう、迎えの船を待っていた。

この地、アパリ付近を守備している駿兵団は、まったくその全容がわからないほど、たくみにカムフラージュした陣地に入っており、ラロという町以北には、われわれといえども一歩も入ることを許さなかった。したがって、われわれは終戦まで、アパリの海を見ることはできなかった。

一ヵ月後、私が在アパリ地区の全航空関係者を部隊に統合するまで、われわれは徒食し、無為に毎日をすごした。

やがて雨がふりはじめ、駿兵団はこの地を去っていった。しかし、われわれ航空部隊は、日本軍から忘れ去られたかのようなあつかいのなかで、ひたすら帰還の日をまった。

しかし、迎えの船はついにきたらず、かわりに敵がきたのだった。

思えば、この日より終戦にいたるまで、私たちはフィリピン人を見ることはなくなった。フィリピン人との交際は、マニラ時代より山に入るまで、絶えることなくつづいたのであったが、当時、私がわからなかったのは、ツゲガラオに入って以来、フィリピン人の男の姿を見なかったことである。

どこに行っても、そこに居住しているのは、婦女子だけであった。それはまったく徹底した現実ですらあった。

では、そのころフィリピン人の男はどこに行き、何をしていたのかということになる。彼らはすべてと言ってよく、ゲリラ部隊に入って抗日戦を戦っていたのである。

私は山に入る前の生活の毎日、何することもない日々ではあったが、一つだけかならず毎日したことがあった。それは、早朝に起きて私たちの宿舎の付近一キロほどを、歩くことだった。

目的はただ一つであった。それは、いつとはなく設置されている爆撃指示標をとりはずことであった。

爆撃指示標というのは、路上とか樹の上に、われわれ日本軍が駐留している場所を上空からわかるように指示してある印であり、そのほとんどは、白く乾燥した砂糖キビの幹がつかわれていた。

ゲリラは昼間は絶対にわれわれの前に現われなかったが、夜間はわれわれの宿舎のすぐ近くに潜伏していたのであった。

戦闘はなかったが、われわれの日常の行動は四六時中、このゲリラにより見張られており、おそらくはその行動の細部も、その地区の中枢部に報告されていたと思われる。

四　部隊長の八月十五日

飛行機乗り山にこもる

昭和二十年、ルソン島は例年にくらべて早く雨季に入り、五月だというのに、雨が毎晩のように強く降りしぶいた。その雨の中を『駿兵団』の兵士たちは足どりも重く、それまでの根拠地であったアパリの地をあとにして、新戦場となるであろう二百キロ南方のオリオン峠をめざして南下していった。

『駿兵団』というのは、正式には第一〇三師団のことで、これまで北部ルソン島の治安に任じていた二つの独立歩兵旅団を統合したものだ。司令部をルソン島最北端の地アパリにおき、隷下部隊より四コ大隊の兵力をアパリの海岸に配置して、予想される米軍のルソン島北部への上陸攻撃にそなえた部隊であった。

夜がふけるにつれ、ザックザックと鳴る軍靴のひびきを宿舎の窓下に聞きながら、われわれ『航空部隊』の将兵たちは、眠れぬ焦燥の夜を迎えるのである。

こんな夜が何日つづいたことか。その軍靴のひびきがとだえだした五月の下旬、アパリ地区残留の唯一の参謀、青木栄一中佐より、私はつぎの命令をうけた。

「山中少佐は部隊長となり、在アパリ地区航空部隊の全員を統合し、部隊を編成すべし」

当時、ルソン島最北端のアパリ地区には、いわゆる〝翼なき航空部隊〟の将兵たちが多数集結しており、台湾へ転進（退去）すべく便をまっていた。

彼らのほとんどはもともと、昨十九年六月より、米軍の反攻を撃退するため、『捷一号作戦』準備の名のもとに、満州、内地、はては南方諸地域より、勇躍フィリピンに飛来した千八百機以上の兵力をほこるわが航空の精鋭部隊に属する者たちであった。

その後、同年十月のレイテ戦を皮切りにフィリピン全域で奮闘したが、戦いに敗れてのち、フィリピン退避の命令をうけながらも、帰るすべもなく、台湾にもっともちかいこのアパリの地で待機していたのである。

彼らはいままで、まったく無統制の状態で、部隊ごとに三々五々と付近の民家に宿泊して、無為に日々をすごしていたのである。

その彼らを部隊長として私が、このアパリ地区の航空部隊を統一、編成を完了したのは、昭和二十年六月十日ごろのことだった。その将兵の数たるや、じつに千八百名にもおよび、私は予想以上に多いその数にあらためておどろいたのだった。

そもそもこのアパリという地は、バブヤン海峡に面した長い海岸線の中心点にあり、バシー海峡をへだてて台湾に通じている。日本軍はこれまでにアメリカ軍の反攻上陸地点として、ルソン島西部のリンガエン湾と東部のラモン湾、そしてこのアパリ海岸を予想していた。そしてアパリ地区には四コ大隊よりなる『駿兵団』を配して、防御陣地をもうけ、敵の来攻にそなえていたのである。

マッカーサーのひきいる米軍は、すでにこの年一月八日、リンガエンに上陸していた。かつて昭和十七年二月、「アイ、シャル、リターン」のことばをあとに、コレヒドール島を脱出したマッカーサーが、その公約どおりにルソン島に帰ってきたのである。この「シャル」という英語は、アメリカ人の使う、強い決意を表わすことばである。彼はそれこそ強い決意で、フィリピン民衆の期待にこたえて帰ってきたのである。

マッカーサーは昭和十七年九月、オーストラリアを出撃するや、反撃に反撃をかさねて西進し、いわば私は彼のひきいる米軍に追われつつ、ニューギニアのラエ、マダン、ウエワク、ホーランジア、マノクワリ、そしてフィリピンのレイテと後退を余儀なくされ、いまここアパリでいよいよ正念場を迎えたのである。

米軍はリンガエン上陸にひきつづき、その助攻として、アパリ上陸を敢行するであろうと予想した日本軍ではあったが、いっこうにその気配なく、米軍は上陸兵力を二分して、一部はマニラ方向へ、他の一部をバレテ峠、サラクサク峠、バギオに向けたのであった。

三月に入り、バレテ、サラクサク方面の戦況が急をつげる事態におちいり、比島の総司令官である山下大将は、この戦況の不利をすくうためには、アパリ地区の兵力をこれらの方面に使用せざるをえない状況にたちいたったのである。

こうして先にのべた四コ大隊からなる駿兵団の中から、二コ大隊を抽出して南下させ、残余の二コ大隊を旅団長の湯口俊太郎少将に指揮させ、ひきつづきアパリ旧陣地を守備させて、この部隊を湯口支隊と呼称したのである。しかし、この湯口支隊がアパリ地区にいたのは六月十七日までで、その後はアパリ南方七十キロのバレット川上流の地に、陣地をかまえたのであった。

部隊長の私は、この重要な戦局の転機においても、駿兵団の動向に関してはなに一つ知らされず、たんに「部隊を編成せよ」との命令のみであり、編成後いったいどうすべきか、という目標もなんら示されてはいなかった。

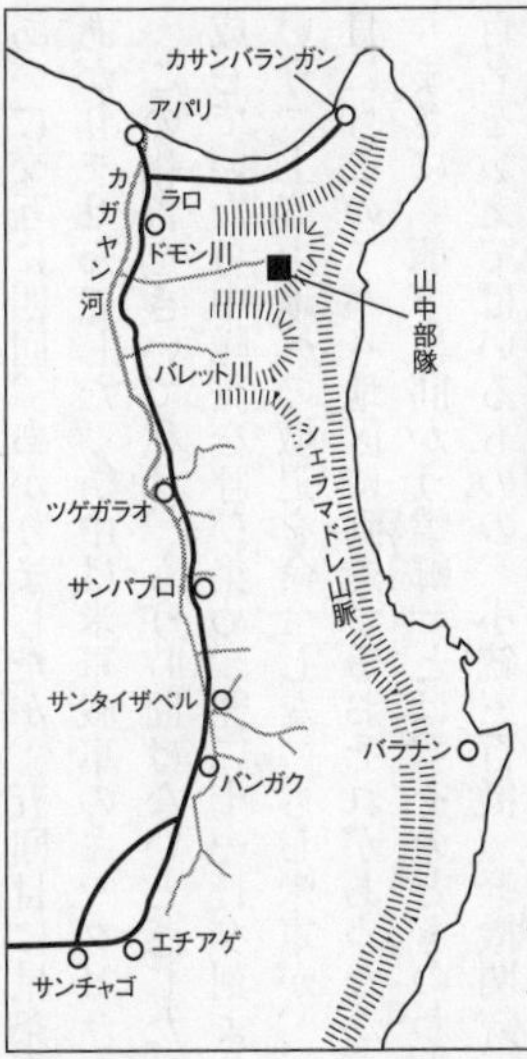

アパリ～エチアゲ方面要図

作戦行動のすべては、私自身の判断でやる以外になかった。私はここの作戦で最初にして最後になった将校斥候を、百キロ南方のツゲガラオまで派遣して、敵情を偵察させた。斥候長の清水中尉が帰ってきたのは六月二十日のことで、つぎのような報告をもたらした。

「昨十九日の午前中いっぱい、ツゲガラオ市庁舎を中心とするはげしい攻防戦がくりひろげられ、市庁舎の屋根に最初は日章旗、ついで星条旗というぐあいに交互に四回、あがりましたが、五回目に星条旗が揚がったあとは、ふたたび日章旗はあがりませんでした。街中は米軍戦車のキャタピラの轟音でいっぱいでした」

この報告をきいて私は、もう時間はないと感じた。ただちにその夜、すでに五コ中隊に編成していた各中隊長を呼び集め、翌二十一日夕刻より、全部隊のドモン川（トムウン川ともいう）上流山地への撤退を命令した。もし米軍が、ツゲガラオよりまっすぐ北上すれば、明日にもこのアパリ地区に到達するおそれがあったからである。

まさに「龍車に向かう蟷螂《とうろう》」とは、そのときのわが航空部隊の実情であり、兵力こそ千八百名を数えてはいるものの、小銃三百梃、軽機関銃三梃というお粗末きわまる装備であり、近代兵器のすべてを完備した米軍に、抵抗できるわけがない。敵軍と正面きって戦ったら、わずか一時間はおろか、おそらく十分間ともちこたえることはできないのが、現実であった。

さて、移動は順調に進行し、翌二十二日じゅうには、とにもかくにも私の部隊は、全軍アパリ地区をはなれ、山の中に入ることができた。私の予想したとおり米軍は二十三日、その降下部隊をアパリ空に舞いふらせたのであった。まさに一日の差であった。

戦場での指揮官の任務は、敵を打ち破ることにあるのはいうまでもない。しかし、それにもまして指揮官たる者は、部下をして犬死にさせてはならない。

太平洋戦争の終始をふり返るとき、日本の指揮官、とくに高級指揮官は、この配慮に欠けていたのではあるまいか。尊い人命をあえて犠牲にした戦闘指揮をしたのではあるまいか。指揮官の意志だけで、どうとでも動く戦局である。部下は、好むと好まざるを問わず、指揮官の命令に絶対服従しなければならないからである。

私は、長い戦争の日々をふり返って、さしたる功のないのを恥じるなかで、だれからの命令にも指示にもよらず、まったく私一人の判断だけで、部隊の退去をきめ、たった一日ののちがいで千八百名にもおよぶ尊い生命が救えたことは、極限状態の人間としては「よくやった」という満足感をいまでも禁じえない。

猛威をふるうマラリア

私たちの部隊は四日間をかけて、ドモン川をさかのぼり、山のなかに退避した。しかし、全軍を山の中に駐屯させるだけの食糧はないので、三コ中隊だけはいぜんとして、ふもとの集落に配置し、本部と本部一中隊のみを山の中に配し、残りの一コ中隊を遊軍として、とりあえず山を越えた東海岸への踏査に従事させた。

この東海岸への踏査は、将来、米軍のこの山の陣地への進攻にそなえ、われわれの退路を選定するのが目的であった。

本部にさだめた地点は、起伏の多い、草原とも思われる地の一隅で、小川にそった森林のかげにあった。まったく人跡未踏の地のはずなのに、そこにはおのずからなる路ができており、夜間にそこを通ると、周囲の丘がいかにも、つらなる家並みのように思え、なにかしら避暑地にでもきた感じのするたたずまいであった。また、その近くには温泉があり、見上げる山の頂上からは、熱湯の滝が音をたてて流れ落ちていた。

本部の奥に三棟の倉庫をつくって食糧貯蔵庫とし、ふもとの集落からできるだけ多くのモミを搬入した。毎日ふもとより水牛の背中に米袋をのせ、何百人という兵たちが、細い山路を往復した。途中こぼれ落ちたモミが発芽して、この搬入路は青々とした道に変わり、われわれは〝緑の小径〟と名づけてよんだ。

山に入ってからの最初の十日間は、いつ敵が進攻してくるのかと心を痛めて、まさに戦々兢々の日々がつづいた。部隊で保有していた五頭の現地馬にかんしても、一頭は部隊長用として本部においていたが、残りの四頭はすべて、最前線のわが監視分隊に配属した。それはもし敵進入のきざしがあれば、ただちにその馬を馳せて全軍に報知し、ふもとの部隊をしてすべて山の中に入らせるという、軍隊らしからぬ準備であった。

敵も最初のうちは、連日、飛行機による攻撃をくり返し、前記の温泉場から立ちのぼる湯煙を、日本軍の炊事の煙ととりちがえてか、この目標を中心に爆撃をつづけたものだった。

そのうち彼らには、わが陣地がいかに脆弱であり、それを守る兵隊がこれまた寄せ集めの者たちであるかがわかったのであろう、地上攻撃はまったく行なわず、ついに終戦までわが陣地前には、ただの一度も敵の姿は現われなかった。

ただ毎日、申しわけのような砲撃が、正午と真夜中の十二時に、正確に二度ずつ行なわれ、彼らの存在を誇示しているように思われた。

陣地の毎日は単調で、一見して平和のようにすら思えた。しかし、敵は米軍のほかにもいた。それはマラリアであった。敵がこないという気のゆるみもあってか、にわかにマラリア患者がふえはじめた。そのうちに、モミ輸送の使役兵も出せないという中隊も現われだし、多くの将兵が陣没していった。

予防薬をもたないわが部隊は、まさにマラリアの好餌となり、二名いた軍医みずからがマラリア患者という笑えない現実となった。こうして終戦までの三ヵ月の間に、じつに六百名ちかい者がマラリアの犠牲になり死んでいった。

そのなかでなぜか、私自身は健康であった。おなじ環境で、おなじ食べ物でありながら、人間にはかくも個人差があるのかと驚くほど丈夫であった。

私は雨のふらない日は、午後になるとかならず陣地内を歩きまわった。深山のなかの樹木の上に、鳥の巣のように家が二、三軒あるのを見ておどろき、川辺に人家がまるで犬小屋のように点在するのを見ては感動した。

著者。20年６月、アパリ地区航空部隊員1800名を統合し、部隊長として山中にこもった。

そして、この人跡未踏と思われる山奥に、とにかく生き物——それも人間の存在するのを知っては感激したものだ。

しかし不幸にして私は、これらの原住民を見るチャンスは一度もなかった。しかし、部下のなかには、この原住民を目撃した者が少なからずいたもようで、彼らの話を総合すると、だいたいつぎのようなものであった。

身長は約一メートル、色は黒く、すごくやせており、裸身にフンドシをしめ、背中には大きな弓矢を背負い、肩から袋状のものをかけているという。

階級からは私のつぎに位する岡本剛三少佐の話では、もっと奇抜で、うそかまことか、尻《しっ》尾《ぽ》までついていたというのである。

彼は用便のため森かげに入ったとたん、この小男と出合いがしらに顔を合わせたよしで、岡本少佐もおどろいたが、先方はもっとおどろいたらしく、急いで背中を向けて逃げ出したという。

この種族は一般にネグリート族としてフィリピン人には知られており、生業としては密林の中にはえているラターン（藤つる）をあつめて、それを平地に住む仲買人、とくに中国人に売り、代償として自分たちの必需品を入手して生活しているようである。

現に陣地内にも仲買人の住んだと思われる三軒の家があり（当時は憲兵隊が使用していた）、その家の中には多くのラターンのストックがあった。

このネグリート族は山奥にばかり住んでいるのではなく、山を降りて一般のフィリピン人とともに暮らしている者もいた。

戦時中、日本軍に協力した「ガナップ」というグループには、多くのネグリート族がいたそうである。

ついでに陣地内の植物にふれてみたい。

われわれの陣地は、亭々たる十メートル以上もある森林のなかにあり、ふつうであれば樹下に生えているはずの草もなかった。

また、どこにでもあるはずの椰子、パパイヤ、マンゴーの木もなかった。したがって、山の中には食糧に供しうる草木は皆無であった。

椰子についてであるが、これも熱帯地方ならどこにでもある、というものではないようである。椰子はちかくに海があってはじめて存在する植物のようであり、塩気のないところではきわめてまれにしかみられないようである。

したがって、フィリピンでも、海岸より十キロも内陸に入ると、ほとんど見ることはできない。もちろん椰子の実を移植して育てることはあるていど可能だが、それも海風がその場所を吹くことが必要で、海風のこない地では育たない。

戦後、フィリピン政府が、道路美化のため椰子の並木をマカティ市よりケソン市にかけて約六キロ植えたことがあったが、成功しなかった。海岸よりあまりにはなれていたからである。

また一方、ラグナ湖周辺はまったく見渡すかぎりの椰子林がある。この地は一見、海岸よりは遠く離れており、いまあげた理由からすれば、生育不能と思われるのであるが、よく調べてみるとラグナ湖は鹹湖《かんこ》であり、そこよりの風は海風そのものであった。

集団逃亡事件の顛末

陣地内の単調な生活をくりかえしながらも、毎日、毎日、私の頭からかたときもはなれないのは、いま、どうすればよいのか？　この先どうなるのか？　という思いと、焦りであった。ふもとの集落よりのモミの搬入は完了し、部隊全員の三ヵ月分の食糧のストックはできた。しかし、三ヵ月たったらどうなるのか。いまやもう食糧の入手先はないのだ。戦争はまだまだつづくであろう。

前述の東海岸へ出した踏査部隊よりの報告によれば、そこは一面の海岸であり、植物としては種のあるバナナだけだということである。彼らの踏査期間中に発見した動物はヘビだけともいう。三ヵ月分のストック食糧を食いつぶしたあかつきには、山を降りる以外に、われわれが生き残る望みはないのか。

七月に入ると、私は食糧の定量を半分に規制した。しかし、それとてもせいぜい一ヵ月か二ヵ月というみじかい期間を食いのばすだけで、絶対量がかぎられている状況では、安心できる解決策ではない。

そこで打開策として、島田三郎中尉という積極意見の持ち主の献策をいれて、一回だけ、モミ取り作戦もやってはみた。四百名の部隊を編成し、入手したモミを運搬する水牛百頭をつけ、陣地外の集落に向かってはみたが、結果は無残であった。一粒のモミも入手できないばかりか、下士官一名が死亡し、三十頭の水牛を失っただけだった。

あれやこれや将来を考えると、あるのは絶望のみであった。このさきには全員餓死という運命が、重く襲いかかっているのだった。

そんなある日のこと、私のもっとも恐れていた事態が起こった。三十名におよぶ部下の、陣地外への集団逃亡である。私の指揮下にあることをきらっての脱出であった。彼らは持てるかぎりのモミと水牛をひきつれて、より安全と思われる他地域へ逃走していったのである。

もともと急編成で、おたがいになんら精神的なつながりのない彼らが、私のもとを去っても当たりまえのことかも知れない。

しかし、この種の行為が全軍にひろがったらどうなるのだろう。部隊内の軍規は乱れてしまい、収拾がつかなくなることを私は恐れた。

この事件については後日談がある。それも、じつに悲しい話である。

それは八月十日の早朝のことであった。昨夜は毎晩のように行なわれていた米軍の砲撃もなく、不思議に思いながらも、おかげでよく眠れたと思っていた、その日の朝のことであった。私が起き上がるのを待っていたように、当番兵の長尾兵長が私の部屋に入ってきた。

「朝はやくから恐縮ですが、さきほどから加藤隊の准尉殿と、見習士官殿が部隊長殿に会いたいと待っておられます」

というのである。加藤隊とは、逃亡した三十名の隊のことである。外に出てみるとすごいどしゃ降りで、そのなかにこの二人が直立不動の姿勢で立っていた。

私の姿を見るや、敬礼したのち、

「加藤隊、滝川准尉、菊川見習士官の両名、報告に参りました！」

とさけんだ。それにしてもこの二人のようすたるや、まことにすさまじい格好で、雨でびしょぬれのうえに、さらに泥んこなのである。私は彼らが戦線離脱者であることを忘れて、急いで私の部屋に入れたほどであった。

一息いれたのち、私は彼らに問いかけた。

「報告とはいったい何か」

「はい、本早朝、加藤中尉殿は自決されました。その自決前にわれわれ二人をよんで、ことの経緯を部隊長殿に報告し、自分の自決により加藤隊三十名の罪をゆるして、原隊に復帰させていただくよう頼めとのことでした！」

なんと悲惨な結末となったことか、と私は残念に思った。なにも自決することはなかったろうに、とも思った。ひとり悶々と悩んだであろう加藤中尉の心情を思い、粛然として頭をたれたものであった。

この事件は、加藤中尉の自決ですべて片がついたことになった。加藤中尉の希望のとおり、彼の部下三十名はぶじ帰隊した。そして五日後、戦争は終わったのだ。

ところが、この事件にはさらに後日談があった。

昭和二十一年六月の末、われわれは捕虜収容所から内地に帰ることになるのだが、その帰還令のでた日の午後、アパリでの山の陣地生活の間、私の副官であった森中尉が私の幕舎にきて、つぎの話をしてくれたのであった。

「部隊長殿、加藤中尉は自決ではなく、じつは部下に射殺されたのです。これは秘密にしておくべきことだとは思っていましたが、いよいよ内地に帰ることになった以上、部隊長殿だけには事実をお知らせしておいた方がよいと思いましたので……」

まことにショッキングな話であった。そのため、私の内地帰還のよろこびも半減したほどだった。射殺の原因、また、そのときの鬼気せまる模様もあわせ聞いたが、すべて加藤中隊全員がいだいていた『敵前逃亡』という名の罪への恐怖と、これに関連した上下の最後までの信頼感の不足に起因するものであった。

これまた戦争の生んだ悲劇としか考えられない後日談であった。

本日、無条件降伏せり

苦悩と焦燥のうちに八月をむかえてまもないころ、広島に特殊爆弾を米軍が投下したという恐るべきニュースが、ふもとと私の本部との中間に位置していた憲兵隊よりもたらされた。

このとき私は、いよいよ戦争が新局面に入ったことを本能的な直感で知った。

昭和二十年八月十日、ふしぎにも、この日は米軍の砲撃はなかった。つぎの日も、またそのつぎの日も、砲撃はやんだままである。

なにかがある。なにかが起こった——私だけではなく、わが部隊の全員がそう感じていたにちがいない。

八月十五日——その日の朝、私は憲兵隊より、「本日正午、日本政府の重大放送がある」むねの連絡をうけた。

憲兵隊はこの地区唯一の短波無線機を所持している部隊で、さきの広島被爆のニュースもこの短波受信の報によるものであった。

私は重大放送とはいったい、なんのためだろうかと思案にくれた。戦況の変化には気づいていただけに、私は、あるいは？　と戦争の終結を一瞬考えた。しかし、それはあり得ないことであり、あってはならないことである。いま戦争が終結すれば、それは日本の降伏を意味する。

日本に、降伏はありえないのである。どんなに現在の戦局が苦しくても、前途の見とおしがまったく絶望的であろうとも、日本は絶対に負けない国であるという牢固とした、絶対に曲げられない信念が日本軍には存在していた。

昭和十七年以来、第一線に勤務して三年ちかく、いやというほど敗け戦さばかり体験してきた私ですら、日本が勝てるとは思わないにしろ、まさか負けるとは考えていなかった。「神風は必ず吹く」というのがわれわれの信条であった。いつの日か逆転勝利があり、いかなる形にしろ日本に有利な結末が生じるだろう、という一種異様な期待感さえあった。

この気持は私だけでなく、戦地、内地をとわず、当時のすべての日本人の共通の感情だったろう。その証拠として、マニラより当地アパリに転進の途上に出合った旧知の軍医が、つぎのように私に語ったのが、いまでも私の耳からはなれない。

「山中少佐殿、あなたは日本が勝てると思いますか？　私は残念ながら、日本は勝てるとは思いません。しかし、日本は歴史的に見ても、いまだ負けたことのない国、敗北を知らない国です。私は死にたくありません。この目で、はたして日本が、いかなる結末をつけるかを見たいのです」

八月十五日は朝から小雨にけむる日であったが、午後になると雨あしがはげしくなってきた。これはヘミングウェーの『武器よさらば』の雨にもにて、不吉な予感にふけっていた私は、なにげなく窓外に目をやった。

そのとき、草原の向こうから馬を走らす一人の将校の姿があった。「おや」といぶかる間もなく、その将校は私の眼前にちかづいた。馬を降りると、まったくズカズカと私の部屋に入ってきた。よく見れば青木栄一参謀であった。

この参謀とは、五月の下旬、私に部隊編成の命があった日いらい会ったこともなく、まさかこのドモン川上流の陣地にいたなど夢にも思っていなかった。それほどに、わが航空部隊は孤立していたのである。

あわてて敬礼する私に答礼もせず、青木参謀はいきなりさけんだ。

「通信紙を出せ！」

食糧用の三ヵ月分の米以外はなにも持たないわが航空部隊に、通信紙などという高級品があるはずもなかった。そこへ当番兵の長尾兵長が、ともかく紙らしきものをさし出した。参謀はその紙片に、

「日本帝国は本日、無条件降伏せり」

と達筆に書きなぐってから、はじめて私の顔をみた。まさに感無量の一瞬であった。なにもかもがいっきょに崩れ落ちたというか、腹の底からおし上げてくる、怒りともつかず、絶望ともいえない、といって悲しみでもない複雑な一瞬であった。

そしてその直後、私の身体じゅうを喜びが突きぬけていった。助かった！という私のいつわらざる思いだった。生命が助かったというのではない。毎日思い悩んできた部隊長としての責任を解除された喜びであった。

もう今日からは、作戦指導に悩むこともなくなった。こうなると食糧は充分にある。戦闘にそなえる必要もなくなったのだ。ここアパリから東海岸への逃避も考えなくてよい。すべての悩みはいっきょに消えてしまったのだ。

青木参謀は、このニュースを憲兵隊で入手するや、ただちに私のもとへ馳せつけたとのことだ。そして、今夕にも野戦病院でこのニュースを再確認したうえ、今後の行動の打ち合わせをするから、野戦病院に出頭するようにと私に指示して帰っていった。

いましばらく待て

八月十五日の夕刻、私は馬に乗り長尾兵長をつれて、温泉の流れる小川をさかのぼり、二キロはなれた山奥の野戦病院をおとずれた。

病院長は年とった大尉だった。几帳面な性格らしく、手入れの行きとどいた旧式の無線機をすでに院長室にはこび込んで、私を待っていた。受信機用のバッテリーはなく、エンジンをまわして電源にする型式の受信機だった。まさにとっておきと思われる、三本の一升瓶に入れたガソリンで、このエンジンをまわしての受信操作であった
青木参謀の指示で、受信は通信専門の私が担当した。六時かっきりに、日本本土からのニュースの電波をキャッチした。ところが雑音がひどく、放送の内容がまったくつかめない。たしかに興奮した調子でさけびかける声だけは聞こえるが、意味はさっぱりききとれない。

私はダイヤルをマニラからの放送に切りかえてみた。こんどは、じつにはっきりした流暢な日本語で、つぎのようなことをくり返し、くり返し、アナウンスしていた。

「日本のみなさん。本日、戦争は終わりました。安心して山を降りてきて下さい」

その放送のなかには「日本が無条件降伏した」という箇所がふくまれていなかったのが、いまでも不思議でならない。

夜もふけ、すっかり晴れ上がった星空の下を、私は帰途についた。馬上、戦闘の一コマ一コマの思い出がとめどもなく私の胸中を去来した。

「降伏の事実は部下にもらすなよ。現状のままで行動し、湯口兵団よりの指示をまて。軽挙妄動を厳につつしむよう」

さきほど病院で、青木参謀が私にいったことが私の頭にこびりついていた。

私自身には軽挙妄動する情熱は、すでになかった。しかし部下、とくに特攻隊の生き残りの者たちはどうであろうか。

また私としても、〝降伏〟ということには、すなおにはついていけない気持でもあった。

もともと〝降伏〟というのは、日本では敵が行なうことであり、味方が行なうものとは書かれていない。

開戦いらい、何百万という将兵が戦死した。祖国の繁栄と悠久を念じて、花と散っていった。しかし彼らは、その生命のつきるそのときまで、祖国の必勝を信じ、その生命をささげることによって祖国は安泰になれるという信念のもとに、よろこんで死んでいったのだ。まさか、その祖国が降伏するなど、考えてもみた者はいなかったはずである。

もし、いま彼らが祖国降伏の事実を知ったとしたら、どう思うであろうか。おそらく死んでも死にきれない思いで、いっぱいなのではあるまいか。ましてみずからすすんで、その青春を犠牲にして敵艦に体当たりしていった、特攻隊員たちの心中を思うとき、降伏など絶対にゆるされるべきではないのである。

昭和十七年の末、私が内地を出発したとき、私は中隊長であった。私には二百名の直属の部下がいた。私は彼らにつねにこういっていた。

「オレを信じてついて来い。死ぬるときは、お前たちだけを死なすのではない。オレも必ずお前たちといっしょなのだ」

これこそ戦場での指揮官の本意であった。私は四ヵ月後、中隊長の職をはなれて、軍司令部付になった。しかし、あの誓いの言葉は忘れてはいない。おそらく遠く残したニューギニアの部下たちは、そのほとんどは戦死しているであろう。

戦い終わったその日、私は、生き残っていた。〝ともに死ぬ〟と誓った言葉とはうらはら

昭和17年秋、第一航空情報連隊第一中隊の幹部。前列中央が著者。死ぬときは一緒と誓った部下のほとんどはニューギニアに斃れ、著者は生き残った。無条件降伏の報に、著者の心はゆれた。

に、一方は死に、他方は生き残っていいのであろうか。戦場での生死は神のみぞ知る。おなじ状況下でも運の強い者は生き残り、戦いつづけるのである。しかし戦う必要のなくなったいま、この誓いは、この約束はどうしたらよいのだ。降伏はする。生き残りはする。これでは指揮官として、あまりにムシがよすぎるのではあるまいか。

――野戦病院から帰る馬上であれこれ感慨にふけるうちに、いつしか私は部隊に帰り着いた。

部隊本部では全員が起きて私を待っていた。そのとき、私の意識にはつぎのような言葉がよみがえった。

「お前は部隊長なのだぞ。あれこれセンチメンタルな悩みにふける立場ではないのだぞ。大局的にすべてを判断するのが部隊長の任務なのだぞ！」

これが原則論であった。私は全員をまえにしていった。

「戦争は終わったらしい。今後の行動については、あとで命令する」

つぎの朝、私はめずらしく遅くまで床についていた。目こそさめていたが、起き上がる気がしなかった。ようやく軍服に着がえ洗面にたつと、長尾兵長がいつものごとく、洗面具を持って小川までついてきた。彼の顔がなんとなくいつものそれよりかがやいて見えた。なにか嬉しそうである。

「おい長尾、なにかあったのか。ばかに嬉しそうじゃないか」

と私は声をかけた。

「部隊長殿、そりゃあもう……」

と彼は答えた。

朝食はいつものとおり、本部将校五名とともにとった。だれも一言ものをいわない。しかし、なんとなく座が陽気である。不機嫌なのは私だけか、いや私すらきのうの私とはちがっていた。今日からはもう敵襲の恐れはまったくなったのだ。思いなしか、部隊本部の外で勤務する兵たちの声が高くはずんでいる。日本降伏のニュースは、あらためて伝えるまでもなく、一夜のうちに全軍に知れわたっていたのである。

朝食がすんだころ、私が召集もかけないのに五人の中隊長が、そろって本部に出頭してきた。だれもが不安と期待でいっぱいの顔つきである。私は、

「どうやら戦争は終わったらしい」

くらいの話では、彼らをいや全部隊の将兵をなっとくさせることはできない段階にあると感じた。とはいえ現状では、なんら具体的な指示事項は私にはわかっていないのだ。

しかし、われわれは昨日よりは今日の方が、数倍も幸福な立場にあることだけは事実だ。わかっている事実をかくす必要はないと思い、つぎのように申しわたした。これはまた命令でもあった。

「昨日、八月十五日、日本政府は連合軍にたいし無条件降伏したむね、ラジオで布告し、それを私もこの耳で確認した。

したがって、戦争は終わったと解釈できる。しかし、それはあくまで、ラジオのニュースであり、現実的にはわれわれには関係のないことだ。

われわれの立場は変わっていない。われわれの任務は、現状を維持しつつ湯口兵団の命令をまつだけである。各員は、部下をよりいっそう確実に掌握し、軽挙妄動の行ないのないようつとめてもらいたい」

午後になると、青年将校たちが三々五々といった形で集まってきた。いわゆる硬派、抗戦分子たちである。彼らは異口同音に降伏の不可を主張した。感きわまって泣き出す者も少なくなかった。私は彼らと膝をまじえて話し合い、あくまでも彼らの主張に反論はしなかった。

ただ一言つけくわえただけである。

「いましばらく、現状のままで待て」

結果的にはそれでよかったのだが、私自身、その時点では確たる見とおしも、これといった方策も皆無であった。むしろ降伏は不可という気持すら多分に持っていたと思う。

いまになってもそのときを思い出して、顔がほころぶことがある。それは、強硬分子の一人が、私たちのマージャンを観戦中、私の切り牌がちがうと助言してくれたことである。

そのとき、私は彼らとの対話に一区切りがつくと、本部将校とマージャンをしていた。そうでもしなければ、私自身のいらいらを静める方法もなく、なかばヤケっぱちで卓をかこんでいたのが実情である。牌はふもとの中国人宅よりだれかが徴発してきたものであった。

意気ごんで乗り込んできた血気の連中も、相手がただ、

「待て、まて……」

とのみいって、マージャンをはじめたので気合いぬけして、やむなくマージャンを観戦するという形になり、その結果、ヘタな私の切り牌に思わず声を出す、という一種のなごやかな雰囲気をかもし出したのだ。その結果、緊張した抗戦分子の気分をしずめるという珍現象になったのである。

万感こもる雄叫びの声

終戦の興奮はどうやら三日間でおさまった。山の生活は平静をとりもどし、ひたすら命令の到達をまつのみとなった。

九月の五日だったと記憶しているが、待ちにまった命令がやっととどいた。米軍の小型機

が飛来して、山下奉文司令官の命令を入れた通信筒を、部隊本部の前に投下していったのだ。それは青木参謀あてのもので、内容はつぎのようなものであった。

「九月六日、責任者を長とする交渉団を、前面の米軍陣地に出頭せしむべし」

わが部隊は、この交渉団に岡本剛三少佐を代表者として派遣した。九月十日には交渉も終わって、「九月十八日、降伏、武装解除」というスケジュールが決定した。

私は九月十二日、思い出おおき山の陣地をはなれて、ふもとの集落にうつり住むことにした。山を降りる途中、各地に点在する各中隊を正式に巡回し、部隊長としての訓辞をすることにした。

第三中隊を訪れたのは九月十三日の午前だった。この中隊はぜんぶが戦闘隊の者たちで構成されていた。

私が中隊全員の前に立って、部隊の敬礼をうけたとき、中隊長の顔がいまにも泣き出しそうなのに気づいた。

私は訓辞を予定どおりにすませてから、中隊長室に入った。部屋に入ると、そこには私あての遺書がおかれていた。目をとおしたとたんに私は、冷水を浴びせかけられる思いがした。

その遺書は、戦闘隊のパイロットであり、かつては特攻隊員であった二人の少尉が書き残したもので、私がその遺書を手にしたときには、すでに二人は自決していた。

遺書にはこう書き記されていた。

「部隊長殿。われわれは日本の必勝を信じます。いま、われわれは、この信念のもとに先に散っていった戦友の後を追います」

この二人は学徒出身で、一人は東京帝大、他の一人は東京商大出の今日でいうエリートであった。この二人が士官学校出身者でないだけに、私はいっそうの不憫さと、その崇高な純真な精神に心をうたれた。

九月十七日の午前十一時、私は部隊全員を集め、わが部隊として、また日本軍隊として、最後の東方遙拝を行なった。すぎし六月十日に部隊を編成したときは千八百名を数えたわが部隊も、いまや千二百名に減っていた。

ススキが真っ白く咲きほこる原っぱに立って、粛々として東方を遙拝し、皇運のいやさかを祈念した。

「天皇陛下、万歳！」

という声は、ルソン島最北端の大地に力強くこだまして、いずこかへ消えていった。この叫びは、もう二度とこの地に響くことはないであろう。

しかし、われわれのこの雄叫びのなかには、軍人としての戦いの思い出の数々と、青春時代の熱い血のほとばしりがこめられていた。また、尊い生命をささげて散っていった多くの戦友たちへの追慕の念と、いたわりの情がこもっていた。

九月十八日の武装解除は、じつに整然と行なわれた。待機していた多くの武装米兵も、いささか拍子ぬけの顔だった。武装を解除されたのち、ただちに将校とはべつに下士官と兵はわけられ、それぞれべつのトラックに乗せられて出発した。

トラックは、三ヵ月前にわれわれがアパリから、山の陣地へ退避するときには四日を要した道のりを、たった二時間たらずで突っ走り、国道五号線に入った。

行き交うフィリピン人はわれわれを見ると、かならず罵声をあびせかけ、石を投げつけた。四、五歳とも思われる子供さえ、われわれを見ると、首切りのジェスチャーをした。まったく情けない思いであった。

また、すれちがうトラックには、多くの米兵が乗っており、ビール瓶を片手に、日本軍から分捕った軍刀をふるって車上より斬りかかる、という暴挙も再三であった。

なにもかもが、新しい屈辱の連続だった。われわれは自衛のため、姿勢を低くしつつ、その日の夕方、アパリ海岸にもうけられた捕虜収容所の門をくぐったのである。

第二部　虜囚の日々

一　敗者の宿命に耐えつつ

バレテ峠を越えて

武装を解除され、山を降りたわれわれは、アパリ海岸に米軍の手で設けられた捕虜収容所に入れられた。

柵をめぐらした収容所内には、五十ぐらいの天幕が張りめぐらされており、一つの天幕の中に日本兵が約四十名ずつ入れられて、一夜を過ごした。昭和二十年九月十八日のことである。

「キャプテン、キャプテン！」

と叫ぶ声に、私は目をさました。みれば米兵が私の寝ている天幕に入ってきており、出口にいちばん近いところで寝ていた山下中尉をゆり起こしていた。山下中尉はもともと三井物産の社員で、われわれの中では最年長者でもあり、英語も堪能な将校だった。きのうの武装解除以降は通訳として、米軍との交渉はすべて彼がやってきた。起き上がって米兵と話をかわしたのち、彼は天幕の中央にすすみ出てみなに伝えた。

「皆さん、起床して下さい。われわれを輸送するトラックが三十分後に、ゲート前より出発します。それまでに仕度を終了し集合せよ、とのことです」

午前五時半――われわれを乗せた二十台ぐらいのトラックは、朝まだ明けやらぬアパリの空をあとに、南へ向かって走りつづけ、夜も明けきったころ、ドモン川にかかる橋にさしかかった。

この橋は思い出ぶかい橋で、いまを去る五ヵ月前、台湾への転進のためアパリに前進した四月なかば、ここより南方百キロのツゲガラオよりこの橋に到着したとき、この橋のたもとには駿兵団（第一〇三師団）の連絡所があり、この橋上を通る者をすべて厳重にチェックしていた。この橋は、当時のアパリ陣地の南の入口だったのである。

そのとき、私はこの橋のたもとで駿兵団の亀岡正一参謀と会い、またこの地区の憲兵隊長である中村大尉の挨拶もうけたのだったが、いまこの二人はどうしているだろうか。はたして健在なのだろうか。二人の顔が一瞬、目にうかび、その身を案じた。

ついで目を左に転ずると、きのうまでの三ヵ月の間なんの作戦命令もうけず、部隊長としてなすすべもなく、悩みになやんだ思い出ぶかい山々の姿が東の空にくっきりと浮かんでいる。

私物を大切そうに抱きしめて死んでいった人見中尉のこと、部下に裏切られて射殺された加藤中尉のこと、用便中に樹上からの現地人の弓矢にかかって死亡した渡辺中尉のこと、部下たち一人ひとりの顔が、山の生活の思い出につつまれて、私の胸の中を去来した。

トラックはツゲガラオまで、ノンストップの猛スピードで突っ走った。戦争はすでに終結していても、沿道ちかくにはまだ終戦を知らない日本軍の敗残兵もたくさんいると思ってか、米軍はこの輸送トラック群の前後を武装車でかためて行軍するという気のくばりようであった。

かつてわれわれが徒歩で五日かかった道のりを、米軍のトラックはたった四時間たらずで、ツゲガラオの市街に入った。この地でしばらくやすんだあと、ふたたび出発したわれわれはエチアゲの集落を左に望見しつつ、午後おそくなってオリオン峠にさしかかった。

この峠はアパリより南下前進してきた、駿兵団の到達第一目標地であった。雨中を夜行軍で四十日あまりをかけ、先頭中隊がこの峠についたのは六月十日前後であった。防御陣地のタコツボを掘る余裕もない六月十二日、米軍戦車部隊はこの峠に殺到してきたのであった。

駿兵団がこの地での戦いに間に合った兵力はわずか三コ中隊たらずで、主力ともいうべき後続部隊は、この後方百キロにわたりまだ行軍中であった。

米軍はここオリオン峠を一日も要せず南方より突破し、後続部隊をけちらして、十四日には早くもエチアゲ飛行場に突入したのであった。

豪雨の下で、カガヤン河の対岸からの米比軍の射撃にたえて、四十日も歩きつづけた駿兵団の兵士たちの労苦は、かくてなに一つむくわれることなく、潰え去ったのであった。

オリオン峠を越え、マカット河を渡る橋をバガバック橋という。ここを右折するとキャンガンに通ずる。この地点は本来ならば、日本軍が米軍に最後の攻撃を敢行すべく準備し、期待していた地点だが、たのみの駿兵団の展開が間に合わず、米軍の来攻が予想よりもはやかったのはいたかった。

かくて、バガバックの悲劇が起こったのである。十万をこえる婦女子をふくめた多数の日本人が、先をきそってこの道に逃げこんできたのであった。おりから雨季の最盛期にあたり、マカット河は満水の状態で、越すにこされぬ日本人はこの地に蝟集し、追いかけてきた米軍に徹底的にたたかれたのである。

とくに悲惨であったのは、着のみ着のままの邦人、とくに婦女子たちで、そのほとんどはこの地で死んでいった。

そもそもルソン島の戦闘は、これら邦人にとってはすべてが悲劇であった。なかでもこのバガバックよりキャンガンにいたる間の戦闘は、悲劇を通りこした一方的な殺戮の場であった。

悲劇の主役が軍人の場合は、それは当然ともいえなくもない。しかし、これが一般邦人とくに非戦闘員の婦女子となると、問題はべつである。

彼らにとって、六ヵ月前までのあの豪華だったマニラの生活はうたかたの夢であり、いま眼前にあるのは近づく死の足音のみである。母は子を呼び、子は母を呼び、抱き合ったまま、無情の米軍の砲撃のまえに倒れていった。

絶望のきわみのふちに立ったとき、なんらの庇護なしで犠牲にしてはいけない。男は、軍

バレテ峠の頂上に立つ戦没者の慰霊柱。日本軍３万の将兵が、２ヵ月にわたり死闘をかさねた激戦地であるが、著者らが通過したときは、一本の立木さえなく、山肌は黒く焼けただれていた。

隊は、国家は、すくなくとも最後まで婦女子とともにいるということがいちばん大切なことなのだ。

当時、この付近にいた軍隊は、いったいなにをしていたのだ。自分たちの生命の保全に汲々としていたのではなかったか。兵隊がいっしょにいたのなら、婦女子の絶望感もすこしはやわらいだであろうに。

さて、バガバック橋より三十キロほど国道五号線を南下すると、バヨンボンである。われわれのトラック輸送は、ここでその日の運行をやめて大休止に入り、この日はじめての食糧の配給があった。

つぎの日というよりは、まだ真夜中といった暗黒の早朝、われわれのトラック輸送は再開され、バレテ峠にさしかかったのは、夜もほのぼのと明けるころであった。

ここは四ヵ月前、北部ルソン島攻防の天

王山といわれ、日米両軍がその全力をあげて戦った場所である。

米軍はリンガエン湾に上陸して、約一ヵ月でこの地にたっした。バレテの最前線の一角が、敵手に落ちたのは二月十四日である。

この地に陣どった日本軍は、姫路の第十師団（鉄兵団）を中心とする約三万の将兵で、対する米軍は第一軍団より、まず二コ師団をこの正面に向け、圧倒的な戦車と空軍の協力をえて、二ヵ月のあいだ攻めにせめた。

米軍の戦法の最大の特徴は、攻撃目標に到達するまえに、その前面にあるすべてのものを破壊、焼却してのち前進するという点にある。

肉弾戦を主兵器とする日本軍は、この戦法にはまったくなすすべがなかった。とにかく、米兵は、至近距離には絶対にこないのである。米軍側の記録では四月七日、日本側の記録では四月二十八日、この峠の戦闘は終わった、となっている。

昭和四十五年、私はこの地を二十五年ぶりに訪れたが、峠の頂上にダルトン将軍の記念碑があり、その後方にべつの碑があって、そこにはつぎの碑文が書かれてあった（現在はなんの理由からか、この碑はなくなっている）。

「過ぐる第二次世界戦争のみぎり、日米両軍は、この地で壮烈な攻防戦を演じた。両国の兵士たちはその祖国の栄光のために、必死に戦った。記録によれば、日本は七千五百名、米国はダルトン将軍をふくめ、三千五百名が戦死した」

いまこの、バレテ峠は、ダルトン峠とも呼ばれているが、米軍の当時の指揮官であったダルトン大佐（死んで将軍となる）の栄誉をたたえるためであろう。

それはともかく、まさに満目荒涼を絵にしたような、古戦場のたたずまいであった。立木は一本もなく、この山、あの山、地肌は黒く焼けただれ、鬼哭啾々、見る者をして肌にアワを生ぜしむるものがあった。

投石のあらしの中を

バレテ峠を越せば、下降すること一時間でサンホセの町につく。われわれのトラック輸送は、このサンホセで終了し、トラックを降りたわれわれは、サンホセ停車場に待機していた無蓋貨車に移乗を命じられた。

貨車に乗って気づいたことは、各貨車に〝MP〟と記入した白いヘルメットをまぶかにかぶった屈強な兵士が二人ずつ、貨車の前後をかためており、マシンガンをまるでピストルのようにあつかっていることであった。

やがて、一行を乗せた貨車はサンホセの町を出発した。八両編成くらいであったと記憶するが、まったくのスシづめで、それぞれサンホセで支給されたレーションを後生大事にもっていた。

列車の中はもちろん全員が日本兵の捕虜で、現地住民とはなんら関係のないはずなのに、停車場にはかならず停車するのである。

その貨車が停車すると同時にわれわれははげしい罵声と、投石のあらしに見舞われた。何百という現地住民が、われわれの貨車をとりまき、どっと近寄ってくる。そして口ぐちにさけぶのである。

「ドロボー、バカヤロー、ジャップパタイ！」

彼らの興奮度に正比例するように、われわれへの投石の命中率もましてくる。そのときまったく突然に銃声がひびき、彼らはクモの子が散るように逃げ去った。これは警乗のＭＰが発射したもので、その射撃のしかたにも一工夫がこらされていた。

つまり、最初はまず空中に向け発射する。住民はやがてその射撃が、彼らに直接被害のないものと見きわめると、また徐々にちかづいてくる。こうなっては空中に向けての射撃では逃げない。

ＭＰは現地住民たちの近接する距離をはかっていて、あるところまで接近すると、こんどは彼らの直前に、それも彼らに跳弾が当たらない角度から、各貨車のＭＰが協同して射撃する。眼前で射弾による砂塵が上がると、さすがの住民たちもその襲撃をやめるのである。するとやと貨車の運転士は、住民に「気はすみましたか」といわんばかりに汽笛を鳴らして、その停車場を去って行くのである。夕方マニラに着くまで、何度、この同じパターンがくり返されたことであろうか。

私たちは駅が近づくとたがいに身を寄せ合い、姿勢をひくくして、この攻撃にそなえた。しかし数百の投石のなかには命中するのもあり、すくなからざる実害もうけたのである。最初のうちは、彼らに怒りをおぼえていた私も、飽くことなくつづけられるこの行為に対して、いったいこれは何なのであろうかと、考えざるをえなくなってきた。彼らの行為は単なるいやがらせとか、おどしではなく、もっともっと根深いにくしみ、日本人にたいする憎悪があるのを感ぜざるをえなくなってきた。

なにが彼らを、さながら狂人のごとくにまで怒りにかり立てたのか。米兵の実弾のふる中を、みずからの傷つくのもかえりみず、投石をつづける行為に彼らをかりたてたのか。

私は彼らのこの行為は、日本が敗れたから、日本が権力の座からひきおろされたことから立場が逆になり、勝者の立場にたってやっていると、ただそれだけの理由からとは思えなくなった。

一般の通念からすれば、勝者には拍手を送り、その強さを讃美する。しかし一方、敗者にたいしても、その敗者がベストをつくして破れたのであれば、同情の拍手を同時にあたえるのが自然であり、フィリピン人とておなじ心理であるはずだ。

当然われわれは敗者である。しかし全力はつくした。そうならば、フィリピン人が敗者たるわれわれに同情の念をいだいても不思議ではない。すくなくとも罵声や、投石はあるはずはない。

問題はフィリピン人の対日感情にあるのである。日本がフィリピンに進攻し、マニラに入ったのが昭和十七年一月一日。バターン、コレヒドールを制圧して、全フィリピンより日米の戦火が消えたのは、その年の五月であった。

それから約三年間、日本はフィリピンに君臨した。最初の一年は双方ともめずらしさも手伝って、トラブルは少なかった。多くのフィリピン人は親日的ですらあった。またそれまでのストックもあって、物資も豊富にあった。

だが、一年がたってみると情勢が変わってきた。

成り上がり根性の日本人は、フィリピンを被征服国としてあつかいはじめた。権力をカサにきた行為がめだってきた。しかし、なんといってもフィリピン人にとって痛かったのは、食生活が脅かされてきたことである。

自給自足のできないフィリピンから、その主食である米を取りあげる日本は、たとえ善政を行なっても友ではありえない。にもかかわらず日本人は飽食し、わがもの顔にふるまった。やはり日本人は、苦しみをフィリピン人とともに分け合うべきであった。ともに泣き、ともに笑うべきであった。フィリピン人を対等にあつかい、友として遇すべきであった。食糧の米は取りあげるは、対等以下の取り扱いをするはでは、フィリピン人が日本をうらむのは当然のことなのである。

当時の日本人はフィリピン人にくらべ、教育ていどは低く、国際性はまったくもち合わせていなかった。しかし、それはそれとして、あくまで素朴な人類愛に生きるべきであった。そして精神的なきずなが生まれていたならば、多くのフィリピン人はたとえ敗者となったわれわれ日本人にも同情し、ともに涙して、投石のかわりに食糧のさし入れさえしてくれたにちがいない。日本人は大いに反省すべきであろう。

私は貨車に身をひくくし、投石にたえながら深くみずからを、日本人としての反省をしたのであった。

夜になってから、貨車はマニラ中央ステーションにすべり込んだ。田舎の小さな村でさえ、あれほどのあらしが吹きまくったのだから、首都マニラでの彼らの行動は筆舌につくしがたいまでのものであった。

貨車は危険をさけるため移動し、米軍管理下の地区に入らざるをえなかった。あるときは数千いや数万とも思われるフィリピン人による貨車襲撃があり、暴漢が貨車内に殴り込んでくる光景すら、そこここに出現したのであった。

つぎの朝早く、われわれの乗った貨車は運転を再開し、午前九時ごろ、最終目的地のカンルーバン捕虜収容所（マニラ南方六十キロ）に到着した。思えばとめどもなく長い、恐怖にみちたアパリよりの移動であった。

二　戦陣訓がうんだ同胞相剋

十万人の収容所

マニラから国道一号線にそって六十キロほど南下すると、前方にマキリン山が中空高くそびえ立つのをみることができる。「マキリン」という名称は、「どこから見ても同じ形」という意味だ。この山の姿の美しさは、なにか霊気さえも感じさせる。また、道の左方には青々と水をたたえたラグナ湖の輝きが、道ゆく人の心をなごませてくれる。

この地点から、さらに南下すると、道路はカランバの町で二つにわかれ、直進すればルセナ、ナガを経由して遠くレガスピーへつづき、左折すれば温泉地ロスパニオスをへて、東海岸に通じている。このあたりは見渡すかぎりの砂糖キビ畑の連続である。この地帯の中心をなすのがカンルーバンの町であり、大きな煙突のある砂糖工場が目じるしである。

十万人におよぶ日本人捕虜を収容したカンルーバン捕虜収容所は、じつにこの地に設置されていたのである。マニラにくらべると、はるかに標高も高い一種の丘陵地であり、水はけも良好な、保健的にも一等地といえる。また風景の点でもさきにのべたマキリン山につらなる一連の火山性の丘陵が目のとどくかぎり右にのびており、まさに一幅の絵にも似たたたずまいであった。

ただし当時の日本人捕虜のうちで、はたして何人がこのすばらしい風景を享受しただろうか。日本人捕虜の胸のなかには、とても風景を楽しむ心の余裕などなかったはずである。

記録によると、フィリピンでの日本人捕虜は、総数十万人とも十二万人ともいわれている。ルソン島での捕虜はいうまでもなく、レイテ島など他地区での捕虜でも、戦犯容疑者であれば、すべてこの収容所にいったん入所させられたと思う。

したがって、収容所の規模は大きくならざるをえず、米軍はこの地に約十ヵ所のコンパンド（キャンプ）を設け、それぞれフェンスをめぐらせ、そのなかに一万人ずつの日本人捕虜を入れる準備をしていた。しかし実際にあったのは、私の記憶では五つくらいではなかったかと思う。

米軍は入所したすべての人員の正確な登録を実施し、まず戦犯容疑者、非戦犯者、婦女子の三種類に分類した。そして戦犯容疑者はすべて第四コンパンドに収容した。

ただ当初は、どのキャンプにも戦犯容疑者と、非戦犯者は混合されたかたちで入っていて、整然と分類されたのは昭和二十年十二月二十五日以降だったように思う。そして戦犯者が決定すると、つぎつぎとそれを第一キャンプにうつした。

コンパンドとキャンプの意味の相違についてであるが、私の考えでは、米軍は両者をまったくおなじ意味に使用していたと思う。しいて区別があるとすれば、英語では第一、第二のように『第』を頭につけるときはキャンプ、『第』を頭につけない場合はコンパンド（通称コン）、つまり「第四キャンプ」といえば「四コン」のことだった。

私の入所した時期——昭和二十年九月二十日現在では、戦犯者はまだいなかった。すべては裁判中であり、毎日、多くの戦犯容疑者が、米軍のジープでマニラ軍事法廷にはこばれていた。

したがって、戦犯決定者を入れる第一キャンプそのものは、まだオープンしておらず、「四コン」がすべての容疑者を収容していたのである。

貴重品はすべて没収

われわれがこのカンルーバン捕虜収容所の横にある列車の引き込み線から貨車を降りたのは、九月二十日の朝九時ごろであった。

私の部隊の通訳をやっていた山下中尉が大声で、

「部隊長殿、これは大変です。ここで働いている日本人は、全員、背中にPWと書いた服を着ています。これはパーマネント・ワークのイニシャルで、われわれは無期刑になるのではないでしょうか」

というのである。これには、われわれは唖然として声がなかった。やっと戦争が終わったというのに、これ以後は終身刑で捕らわれの生活を送らねばならないのかと、せつない思いで一杯になった。もっとも、ＰＷはプリゾナー・オブ・ウォーのイニシャルで、「戦争俘虜」という意味であった。

ともあれ、降りたったところから五百メートルぐらい歩くと既設の建物がならんでおり、われわれはまず、その建物に入れられた。しばらくすると栄養たっぷりの、太っちょの日本人が入ってきてこう指示した。

「これより全員、いま着ている衣服をぬいで、出口に向かい、そこを出たら、その横の指定場所に各自の着用している衣服をおけ。日用品および、とりあえず着る衣服を渡すから、それを着用したうえ、ふたたび整列せよ」

ついで、彼は声をひくくして、こうつけくわえた。

「老婆心でいうのだが、貴重品はすべて預けることになっているが、いったん預けたら没収されたも同然で、みなさんの手には決してもどってはきません。したがって現金とか、時計などはかくし持って出ること、たとえば手の中に丸めこむなどしておいて、靴が支給されたら、その底に入れて、収容所まで持っていって下さい」

後で考えるとこのアドバイスは、まことに有難いもので、そのおかげでわれわれは数少ない貴重品を保持でき、あとあとどんなに助かったかわからない。

もっとも、着のみ着のままで山から降りてきたわれわれに、いわゆる換金価値のある貴重品などあるはずもなかった。しいて言えば、このとき私の所持していた貴重品は、腕時計一つのみであった。

かつて私が内地を出陣するときは、それでもいろいろ貴重品らしきものは持っていた。とくにそれが思い出につながるもの、精神的に必要なものであると解釈すれば、いろいろあった。しかし、それらはすべてニューギニアで失った。

この九月十八日までは、それでも私は軍刀を持っていた。亡父の遺愛の品であり、私の分には過ぎた銘刀でもあった。しかし、この軍刀はその日の武装解除のとき、名も知らない米軍将校が持ち去っていった。日本が敗れたのだから仕方がない、と諦めたのである。

武装を解除された後も、私は時計以外にもうひとつ、これだけはというものを持っていた。それは象牙製の三味線のバチであった。

「私の分身としてどうか持っていって下さい」

別れるにあたり、一週間前から私の宿舎でいっしょに住んでいた君子という女性が、私にくれたものであった。それは、昭和二十年一月八日の夜のことである。

彼女はそのとき妊娠二ヵ月であり、他のマニラ在留邦人の婦女子が、昭和十九年十二月十八日から二十日の間、マニラをはなれて北部ルソンに移動したときも、同行することができなかった。

彼女は私がマニラに残り、マニラで斬り死にする決心であるのを知っていたので、私と行動をともにする決心を固めていたのである。

一月八日、私はとつぜん北部ルソンに移動を命じられ、マニラを去ることになった。私の命課は部隊長であり、とても婦女子を同行するなど考えられないことであった。

戦後になって聞いた話では、彼女は一月の中旬、マニラ東方山地のモンタルバンに逃れたが、六月のはげしい雨の日、米軍の砲撃のため母子ともに倒れたとのことである。

別れてのちも私は、いつもこのバチを持ち歩いた。元気でいてくれと祈りながら、またぶじに出産することを念じつづけた。

武装解除の前夜、身辺の整理をしたときも、このバチだけは離さないことを心に誓っていた。

アパリの捕虜収容所で一夜を過ごしたのち、私たちPWはすでに記したとおり、自動車輸送でサンホセまで送られ、そこからは列車に乗せられた。

PW列車がサンホセを出発したとき、各車両に二名ずつのMPが警備のため乗り込んできた。この二人は列車が動き出すと同時に、われわれPWの所持品のすべてを調べてまわり、役得とばかりに、その中から珍しいものと見れば、残らず取り上げた。

もちろん私とて例外ではなく、彼らは私の持ち物も充分に調べた。しかし、なぜか私の落下傘袋の中からは、なにひとつ取り上げなかった。もっとも、バチ以外に珍しいものを私は持っていなかったからでもあろう。

しかし、このバチについては、彼らはなみなみ以上の関心を示したことは事実であり、話を聞いたのであろう他の車両のMPまでが、これを見にくるという有様だった。

私は、いずれはこの思い出のバチも、彼らの手に渡るだろうと覚悟をきめた。しかし、彼らはなかなか取り上げない。おそらく、彼らは私に遠慮していたらしい。というのは、この輸送列車の中で少佐は私一人であり、また私が多少なりとも英語が話せたからだろう。

一夜明けて、いよいよ列車が収容所の見えるところに近づいたとき、二人のMPは、もうこれ以上待てないというようすで、手に一杯のタバコを持って私のところにきて、

「メージャー、収容所へは私物の持ち込みはいっさい禁止されている。とくに、このアイボリの品（バチのこと）はナイフの形をしている。とても持ち込みの許可はしないと思う。私はこれを米国に持ち帰り、戦争の記念として長く保存したい。わかってほしい」

私はバチを彼にさしだし、

「わかった。サージャント、私はこれをあなたにプレゼントします」

私は手渡した瞬間、彼女は死んだな、と本能的にさとったのであった。

こうしてただ一つ手もとに残っていたのが腕時計だったわけである。

全身素っ裸の行進

着がえをおえてわれわれが建物を出ると、数名の米兵が立っており、ここで通訳が大声で、

「着ているものを全部ぬいで裸になり、着物はその横において、まっすぐに前進せよ！」

といった。われわれは長い陣中生活のアセとホコリにまみれた軍服をはじめ、すべてを脱いで、フンドシ一つになって歩いた。そのとき、

「フンドシもとって、まっ裸になるんだ！」

との叱声が起こり、私はあわててフンドシに手をかけたが、そのとき私の後方から、

「なんだ、バカにしやがって、フンドシまでとれとはなにごとだ。もう我慢できん。部隊長殿、逃げましょう。そしてあの山に入りましょう！」

という声が起こり、

「そうだ、そうだ、部隊長殿、逃げましょう！」

という唱和がつづいて起こった。日本人にとって、とくに将校にとっては、人前で素っ裸になることはとんでもない侮辱だったのである。

「山に逃げよう」といったのは、今朝がた貨車でこの地に着いたとき、そこで働いていた日本人作業員が、

「はやく降りて下さい。きのうも山から日本兵が攻撃をかけてきて、多くの捕虜がつれ去られ、われわれも撃たれたのです」

と語っていたのをおぼえていたからであろう。

しかし、現実はみじめである。フンドシ一つのわれわれに、いまさらなにができるのだろう。私は苦笑してフンドシをはずし、せめてもの将校のプライド保持のため、恥部を手でかくして前進した。

そのときいきなり米兵が、私の頭といわず腹といわず、全身に白い粉を思いきりふりまいたのである。まったくの屈辱の瞬間であった。いまにして思えば、白い粉はＤＤＴであったのだ。

さて、話は最後に残った腕時計であるが、なにしろ、フンドシまでぬがされた身であっては、隠すところは全然ない。腕にはめていては、かならず没収されるという先輩のアドバイスがあったので、やむをえず私は、支給された靴の底（かかとの下）にかくして、収容所まで爪先だって行進した。

そして、ぶじ私の手もとに残ったわけだが、この時計にはかずかずの思い出や由来があった。由来としては、私の出征時までさかのぼらなければならない。

動員が下令された後、部隊の編成まで約一週間かかったと思うが、その間、私は東京に新設された第六飛行師団司令部に、二度ほど連絡のため出頭した。当時、私の部隊でわれわれの出征先がソロモン方面と知っていたのは、部隊長と私しかいなかったはずである。

もちろん、そのときソロモン方面の戦闘が悲惨な敗戦で終結を迎えるなど考えもしなかったが、緒戦のように圧倒的な勝利への道を歩むとは考えられなかった。したがって、安易な生還は期待できないと、私は心中覚悟もきめていた。

そういった考えから、私はこの出張を利用して、それまで世話になった東京の人びと、とくに二ヵ月前、入院していた病院の看護婦で、私の付き添いであった山田さんに会い、別れを告げた。

二度目に会ったとき、これは事実上の最後の別れの日だったが、彼女は私にアメリカ製の懐中時計を餞別としてプレゼントしてくれた。私はなにも彼女にお返しの品がなかったので、私の腕時計をうけとってもらった。

昭和十八年九月には、第四航空軍がラバウルからウエワクに移動してきて、洋展台に司令部を開設した。四航軍には航空情報の専任者がいなかったので、私が第四航空情報連隊（四航情）から四航軍勤務となり、四航軍司令部に寝起きすることになった。

私は陸士五十期の近藤又一郎大尉と同期の駒野勇大尉と同室になった。近藤大尉は航空気象の専門家で、駒野は技術専門だった。

駒野勇大尉。入所時、彼と交換した時計が唯一の貴重品として著者の手元に残っていた。

駒野は前任地が蘭印であったためか、所持品がすべて垢抜けていた。とくに腕時計はスイス製の輝くばかりのもので、私も将来、蘭印にいけたら必ずこの時計を買うぞと思ったものだ。

駒野は身体の丈夫な男ではなかった。いわゆる胸膜炎の既往症があり、陸士予科時代は保護生徒だった。保護生徒というのは、劇務を免除された生徒のことである。

そのためでもあるまいが、性格は特別といってよいほどおとなしく、彼が怒ることなどもちろんあるはずもなく、大声を上げたことは一度もなかった。

反面、ユーモリストで、まじめな顔をして、とてつもない話をするので、彼といっしょにいるときは、いつも春風駘蕩という感じであった。

昭和十九年の一月末、とつぜん私は内地へ出張を命じられて、二月のはじめ、ウエワクを発つことになった。

そのころのウエワクの空は一息といったかたちで、敵の爆撃もすくなく、めずらしく安穏な毎日であった。

出発の前夜、同室の三人で酒を呑みかわした。そのとき駒野は、とつぜん私につぎのように提案した。

「山中、貴様が帰って来る三月には、このウエワクはどう変わっているかわからない。おたがいの半年の思い出を固くする意味で、貴様の時計とオレの時計を一時交換しようではないか。貴様がぶじに帰ってきたら、また交換すればいいんだから」

二月の五日だったと思うが、私は駒野の腕時計をして東京に飛び立った。

一ヵ月後の三月五日、私は予定どおり、ふたたびウエワクに帰ってきた。そのときウエワクは、駒野が予言したとおり、もう一ヵ月前の平穏さはなかった。すさみきったという感じのする雰囲気に変わっていた。

飛行機の大部分はすでにホーランジアに移動しており、四航軍、第六飛行師団も転進の最中であった。もちろん駒野も、すでに移動しており、会うよすがもなく、私自身も早々にホーランジアに転進したのであった。

ホーランジアには飛行場が三つあったが、道路の設備がわるくて、なにかまとまりのつかない感じのするところだった。宿舎の設備もきわめて不備で、司令部の人員もまとまって居住することができず、私は四航情の小隊本部に同宿するしか方法はなかった。

私と駒野は再会のチャンスのないまま、三月三十日になった。そして二百五十機をいっきょに焼失するというあの世紀のホーランジアの空襲を迎えたのである。

ホーランジアはもう後方基地ではなくなり、第一線となった。早急な後方展開の必要性から、私は四月八日、急遽、ホーランジアを発ってマノクワリに飛んだ。

駒野とはついに会えなかった。マニラで入院中、四航軍の内田将之参謀（ただ一人のニューギニア残留参謀であった）から、駒野は大発による撤退の日、病気のため出発に間に合わず、結局ニューギニアに残ったという話を聞いた。その大発はぶじに脱出できたのだから、駒野は丈夫でさえあれば助かったはずである。

とにかく、こうして私のたった一つとなったこの時計が、貴重品の最後となった次第である。この時計は後日、私が第二キャンプで中隊長をしていたとき、若い見習士官の窃盗事件があり、この見習士官の犯行を摘発した米軍のＧＩに、コトを内分にすますためプレゼントしてしまった。

駒野勇大尉の優しい気持が、二年後、フィリピンで一人の男を罪人にしないですむことにより、花開いたのである。

先輩と後輩のいびつな関係

われわれが収容所に入ったのは九月二十日であるが、そのとき収容所はりっぱにでき上がっており、すでに多くの人びとが勤務についていた。その人びとは明らかに、いま山から降りてきた、という人ではなかった。なぜなら彼らはすべて、栄養のみちたりた元気あふれる顔つきをしており、大地をしっかり踏みしめての歩きぶりをみせていた。思うに彼らは、戦時中に捕虜になった者たちで、以前からこの収容所に入っていたようであった。

これにひきかえ、新しく終戦後に入所する者はすべてやせこけており、歩くのがやっとといった連中ばかりで、目だけはぎょろぎょろしてはいたが、顔はむくみ、栄養不良のため顔にはまったく生気がなかった。

この栄養のよい、固ぶとりの人たちをわれわれは〝先輩〟と呼んだ。すなわち〝先輩〟は、収容所にわれわれよりはやく入所しているという意味で、とりもなおさず〝戦時中の捕虜〟ということに直結していた。

「生きて虜囚の辱しめをうくることなかれ」と、われわれ軍人は軍服を身につけたその日から、「戦陣訓」により厳しく教えられてきた。この教えのために、いかに多くの軍人がその生命をすてていったことか。

現に私もこの目で、あのアパリの山中で、多くの兵が山の方向をむき、草をにぎりしめたまま倒れていたのを見ている。それは傷病兵の最後の姿であり、一歩でも山に近づこうとして、最後まで努力した姿勢のままこときれていたのである。

山には友軍がおり、すなわち〝母国日本〟があったのだ。もし彼らに投降の意志があれば、そのほとんどは生きて母国に帰ることができたであろう。戦陣訓の〝教え〟にしたがい、彼らは生きることのできる生命をもすてたのである。

私は戦争中、米軍の宣伝によって、日本兵の捕虜のいることは知っていた。しかし、こんなにも多くの〝先輩〟たちがいるとは思ってもいなかった。これら〝先輩〟は全員、不可抗力の名のもとで、自己の意志に反して捕虜になったであろうことは事実だろう。したがって私は、これらの〝先輩〟を非難する気は毛頭ない。

しかし一方、戦陣訓のこのたった一項目の教えゆえに、死んでいった多くの人のことは絶対に忘れてはならないと思うのである。

われわれもはじめは、この〝先輩〟たちを奇異な目で、また、やや侮蔑の心をこめて見ていた。しかしそのうちに、そうばかりはしておれないのを知っておどろいた。それはキャンプ内でのすべての重要ポストは彼らがにぎっており、運営も彼らの手で行なわれているのを知ったからである。

彼らはわれわれ〝後輩〟とはべつのところに住む人が多く、〝後輩〟とはかけはなれた生活をしていた。いうなれば一時期、〝先輩〟は文字どおり所内での支配階級者でもあった。

戦争が終わる前の〝先輩〟たちの心境には、きわめて複雑なものがあったにちがいない。日本人である以上、だれしも日本の勝利を信じ、その日の早からんことを切望した。しかし、戦い終わった日のことを思うと、どうしようもない不安感におそわれるのがつねであっただろう。

祖国日本の捕虜にたいする風当たりのつよいことも、彼らは充分に知っていただろう。したがって戦争のつづくかぎりは、彼らの日常生活は安穏であった。捕虜という、祖国にあいいれられぬ名のもとの連帯感と、親密感により、所内の空気はなごやかであったろう。

米軍はおどろくほどの寛大さで遇した。全員といってよいが、瀕死のかたちで収容された彼らは、豊富な食糧と、完備した医療施設で、その健康は回復していった。それだけに、彼らにとっては、戦争は終わってほしくないのが実情だったろう。

八月十五日の午後、いっせいに湧き上がる米兵たちの歓呼の声と、銃声をともなう爆竹の音で、彼ら〝先輩〟たちは戦争の終結を知った。〝ウォー・イズ・オーバー〟と連呼して躍り上がってよろこぶ米兵の姿を、〝先輩〟たちは複雑な思いでながめたことであろう。

やがて九月になり、〝後輩〟がぞくぞくと入所してきた。それはまさに幽鬼の集団であった。立って歩くのが、やっとといった者がほとんどであった。これが、かつての皇軍の精鋭かと目を疑いたくなる思いであったろう。身心ともにつかれはて、言動はおぼつかなく、また全員が物欲、とくに食欲には異状なほどのいやしさがあるのをみてとったことであろう。

恐れと、畏敬の念でむかえた、これら〝後輩〟の敗残の姿を見たとき、これがはたして、かつて神のごとき存在であった上官であったのか、「恥を知れ」と精神教育をたたき込んだその人であったのか、と、まったくバカらしくさえ思われたことであったろう。

こうして、かつての尊敬の念は、侮蔑の念にかわった。くすぶりつづけてきた上官にたいする不平や不満は、戦中の捕虜であるというコンプレックスとあいまって、陰惨な〝後輩〟いじめ、とくに過去は特権階級であったと思われる人たちに、その矢は向けられたのである。

「お前らのような、指揮官がいたから、日本は敗けたんだ!」

二言めには、そう怒鳴って、〝後輩〟とくにかつての特権階級であった部隊長、中隊長をそれと知りつつ、平気で人前でなぐりとばした。

〝先輩〟の目には〝後輩〟は一時期、人間としてではなく、怒りと侮蔑の対象物でしかなかった。それは一種の革命的な現象であった。

一方〝後輩〟はというと、まったく無抵抗であった。敗戦のはげしいショックに身も心もうちひしがれた〝後輩〟たちは、無気力というよりも、なにをしてよいかわからなかったのである。老大佐が新兵になったようなものだ。

〝先輩〟たちが米兵と組んで行なう極度のピンハネのために、支給される給養はとぼしく、〝後輩〟の飢えをみたすにはほど遠い毎日の食事であった。食事の二度配給、炊事場への潜入、こういった恥ずべき行為を高級将校が平気で行ない、そしてその行為をまっていたかのように〝先輩〟のいたぶりがつづいた。まことに嘆かわしい〝先輩〟と〝後輩〟のいさかいの毎日であった。

はじめのころ、〝先輩〟と〝後輩〟とをつなぐ、心のキズナは皆無であった。〝後輩〟は〝先輩〟を恐怖と侮蔑の目で見るし、〝先輩〟は〝後輩〟をコンプレックスのハケ口として、強がってバカにした。

このいびつな関係はその年の暮れまでつづいたが、時の流れはしだいにその姿を改善していった。それは〝後輩〟の体力回復にともなう、常識的な生活への転換と、〝先輩〟のもっとも恐れていた日本本土へ復帰後の、捕虜にたいする処遇が彼らの予想していた形のものでないらしい、という安心感からくるものであった。

旧部下の〝先輩〟より旧上官への食糧の差し入れ、〝先輩〟と〝後輩〟が入りまじっての回顧談など、こうしてキャンプはしだいになごやかで、秩序ある生活へ移行していった。

不可抗力のゆえに

〝先輩〟の名誉のため、私は二人の将校のエピソードを、ここに紹介しておきたい。

まず、私より陸士の三期後輩といっていた歩兵大尉の場合である。私が彼を知ったのはキャンプ内で、陸士卒業者のみで開かれたある日の会合の席であった。彼は私のとなりのテントに居住していたので、顔は見知っていたが、陸士出身とは知らなかった。それほど平素ものしずかで、めだたない存在であった。

陸士出身者の会合は定期的に行なわれたが、三度目くらいの会合のときから、彼が顔を出さないのに私は気がついた。会の終了後、私が彼の幕舎をのぞいてみると、彼はベッドに寝ており、私を見ると起き上がって、身体の調子の不良をうったえた。

その後も彼はいぜんとして出席しないので、そのつど私は彼のところへ行ってようすをた

ずねた。そのうち彼はとうとうたまりかねたように、私を幕舎外につれ出し、

「山中さん、じつは私は〝先輩〟なんです！」

といって、私の顔をのぞいた。私はおどろいた。士官学校卒業者が捕虜になるなんて、夢にも思っていなかったからである。その彼が言葉をつづけた。

「陸士の会があるというので、なつかしさ一杯で出席してみましたが、みなさんのお話を聞いているうちに、私の現在の身分を考えてみて、はたして私はこの会合に出る資格があるのかどうか、疑問をいだきはじめました。

山中さん、教えて下さい。陸士出の将校が捕虜になったら、どうしたらよいのでしょうか……」

かつて彼は、マニラ東方山地での戦いで、第一線指揮官であった。昭和二十年五月のある日、敵の猛射により、彼の部隊は潰滅的な打撃をうけ、彼も重傷を負い、その場にたおれた。

何日か、何時間か、まったく不明ののち、彼は意識をとりもどした。四辺は死者のみで、生残者は一人もいない。夜明け前であった。彼は猛烈なのどの乾きをおぼえた。付近に小川のあるのを知っていた彼は、そこまで這うようにしてたどりついた。

水をのんだあと、またも昏倒した。やがて人のちかづく気配に目を上げると、そこに米兵が立っていた。なにをする暇もない一瞬の出来事であった。

――もう一人の〝先輩〟の例は、つぎのようなものである。

この人は軍医中尉で、マニラ時代より私と親交のあった人である。この中尉はずけずけと

執拗な爆撃をうけるクラークの飛行場群。フィリピン最大の航空基地で、米軍が進攻してきたとき、陸海軍の地上部隊員が多数いた。患者輸送隊長の軍医中尉は、この地区で〝先輩〟となった。

物をいう人で、前に記述した日本の将来にたいする意見をのべた男である。

その彼はクラーク地区で捕虜になった。

クラーク地区とはマニラ北方百キロから百五十キロの間に、多くの飛行場をもった地域である。

米軍が進攻してきたとき、そこには陸海合わせて四万から五万の兵力があり、そのほとんどは航空関係の非地上戦闘員であった。終戦後の生存者が二千名たらずであったことからして、いかにこの方面の戦闘が一方的なものであり、悲惨をとおりこした地獄絵図そのものであったか、想像もつこうというものである。

したがって〝先輩〟の多くが、この地区での戦闘員であったことも事実である。

この軍医中尉は患者輸送隊長として、多くの重病人をかかえており、数名の衛生兵を指揮してのその任務は、不可能にちかかった。

というのは、この地区の米軍の進攻速度はきわめてはやく、山また山を越えての病人輸送などできるはずがなかった。

軍医中尉は健康体であったので、その気になれば健康な衛生兵だけをつれて逃げることは可能であった。しかし、彼を唯一の指揮官とあおぐ、歩くにあるけない病人をすてて、指揮官だけが逃げられるであろうか。

彼は病人と運命をともにしようと腹をきめた。したがって、彼は数少ない、健康な投降者の一人となった。彼はそれでも私に、自分の行動が正しかったか否かを聞いていたのである。崇高な任務をやりとげた彼ですら、〝先輩〟の汚名は気になったのだろう。

この〝先輩〟たちは、すでに登録が終了していたので、終戦とともに最優先的に内地に帰っていった。その彼らをデカダンでニヒルに追いやった現地にくらべて、内地での彼らへの処遇は予想に反して民主的で、心配が杞憂に終わったことはよろこびにたえない。しかし、〝先輩〟たちはいまなお、おりにふれ往時を深い感慨をもって思い起こしていることであろう。

――〝先輩〟のことで、いま一つの思い出は、この収容所にまったく毛色の変わった〝先輩〟の一群がいたことである。いわゆる『橘丸事件』に関連して捕虜になった一群であり、世が世であれば、まことに気の毒な立場にたたされかねなかった人びとである。

橘丸とは、終戦の日ちかく日本の所有していた数少ない病院船であった。

当時、日本軍による占領地で豪州にもっともちかかったのは、アル、カイ、タンニバルの島々であり、この地を守備していたのは広島の第五師団の部隊であった。この部隊はすぐるシンガポールの攻略戦に偉功をたてた部隊で、赫々《かくかく》たる戦歴にかがやいていた。

沖縄の戦闘も終わり、米軍が本土をねらう段階になってなお、このような遠隔の地に精鋭部隊を配置することは愚の骨頂であり、とうぜんこれらの部隊は、配置がえを行ない、よりよき配備につけたいと思うのはとうぜんではあったが、制海権のなくなったわが軍には、部隊の輸送は至難のことであった。そこで考え出したのが、病院船による軍隊の輸送であり、もとより国際法違反を承知のうえでの輸送作戦であった。

白衣に身をつつみ、病人各自のカルテまで準備した約二コ大隊の将兵を乗せた橘丸は、出帆後二日目にして米艦に拿捕された。この事件はのちのちまで日米間で問題になったものであるが、くわしいことは省略するとして、広島連隊の将兵は、将校と下士官兵のグループに区別されて、べつべつの船に乗せられたのであった。

そしてふたたび、この二つのグループが再会したのは、ハルマヘラ島ワシレーの港である。このとき期せずして両グループのあいだで叛乱の計画がたてられ、決行の断は、ときの大隊長の意志にゆだねられた。

もともと拿捕されたとき、いちど抗戦のかまえを見せ、船長、軍医、部隊指揮官の間で大論争のあったこの部隊であれば、大隊長が「やれ」と一言すれば、叛乱は起こったにちがいない。そして戦史に特筆大書されたであろう大事件になっていたはずである。また、くしくも、それは八月十五日のことであったという。

その日、「やれ」との一言をまって待機していた広島健児は、突如として港内をゆるがす銃砲撃の音におどろいた。スワッ、友軍の来援かと甲板上に出てみると、停泊中の全船舶が盛大にパンパンやっているのに、それらしき友軍の影はない。

私の中学の後輩である中尉が、そのとき甲板上でかたわらの米兵に〝ファット・ハプンド〟と英語で聞いたところ、その米兵は〝ウォー・イズ・オーバー〟と答えたという。

かくて連戦連勝、負くるを知らなかった勇猛でなる広島連隊の健児は、思いもよらず〝先輩〟の仲間に入ったのである。彼らはハルマヘラから直路マニラにいたり、PWの衣服を着ることになったしだいだという。

しかし私は、この事実を知るべくもなく、たまたまある日のこと、私の幕舎に入ってきた若い男が一礼したのち、

「この幕舎に、福田中尉殿はおってんないですか？」

と、特有のイントネーションで話しかけてきた。その言葉に、私はとっさに故郷の広島弁を聞きわけていた。

「君は広島の出身か？」

と問いかけた。そのとき、その男の狼狽した顔つきは、いまでも忘れられないほどである。

「あなたも広島ですか？　たのむけ、わしにここで会うたことを、広島へ帰られてもいわんでください」

もとより私は彼の苗字さえ知らない。たったいまはじめて会ったばかりで、知るわけがないのだ。それにもかかわらず彼のあわて方のひどさは、いかに彼らが〝先輩〟といわれることに抵抗を感じ、恥じていたかを物語るものである。

ちなみに、〝世が世であれば〟と私がさきに記したのは、この広島の猛者たちも、もし日本が勝って戦後になって論功行賞が行なわれたとしたら、彼らはその〝先輩〟なるがゆえに、恩典の栄はえられなかったであろう、ということである。

それほどに「戦陣訓」の一項は、われわれ軍人のすべての行為を規制していた厳法であったのである。

誇り高き青年将校

橘丸事件の〝先輩〟といえば、われわれが入所した直後に起こった事件があった。

第四キャンプにおそるおそる入所したわれわれは、とりあえず原所属の者たちだけで、一幕舎に四十名ずつ寝る場所がきめられた。したがって、第一日の幕舎内の編成は、すべて私の部隊の将校ばかりだった。

入所すると、すぐ昼食がはじまった。入所したての私たちはなかば夢中で長い列をつくり、配食をうけた。そのとき、われわれの眼前で年輩の将校が配食係の男から、

「貴様のような部隊長がいたから、この戦争は敗けたのだ。恥を知れ」

と罵声をあびせかけられながら、配食の器具でビンタをうける光景を目撃した。これには、

われわれはショック以上のものをうけたが、部隊長クラスの年輩の将校は、ゴマ化して食事を二度うけとろうとしたのだという。

こうした罵声は、その後、何度も聞いたセリフだったが、われわれはビンタをとった配食係の男がいわゆる〝先輩〟であるのを知っていたから、一様に抑えきれない怒りに燃えたのであった。正直なところ、われわれの心の中で、

「なんだ、戦時中の捕虜のくせに、いばりやがって」という気持が充満していた。

昼食が終わり、一服しているとき、いきなり一人の男がわれわれの幕舎に入ってきて、なにか大声で叫んだ。まったく無礼な態度であった。そのとき、島田三郎中尉がこの男をこれまた大声でとがめたのである。

「君は、この幕舎がなんであるかを知っているのか。山中部隊長殿以下、航空部隊幹部の幕舎なんだぞ。挨拶もなく入って来るなんて、いったい君は何者なんだ。栄養のよい顔つきから察すると、戦時中の捕虜だな」

まったく言いにくいことを、反面いってやりたいことを、ずけずけと言ったものだと、われわれ一同ヒヤッとした。しかし、その男は一瞬ギョッとしたようだったが、黙って去っていった。

五分後、さきの男が五名の屈強な男たちをつれて、また私の幕舎に入ってきて、

「さっき、生意気なことを言ったやつは、どいつだ。ちょっとわれわれの幕舎まで顔をかせ」

と、島田中尉の腕をとって引きつれていこうとした。私が言葉につまりながら島田中尉の手を取ると、島田中尉は、

「部隊長殿、心配しないで下さい。私一人で片づけて来ますから」

と黙礼して出ていった。私は島田中尉について行くべきだと思ったが、心のままに身体はついていかなかった。私たちは島田中尉が連行されるままに、これを見すごすしか術がなかった。

島田中尉は航空士官学校五十六期生で、長い山での生活中、戦闘意識というか、つねに軍人としての前向きの気概を忘れたことがなく、わが部隊唯一といってよい頼り甲斐のある青年将校であった。

私の部隊長としての毎日の戦闘指導はほとんど彼が計画し、実行に移していたのも実情であった。

いま島田中尉を一人で見知らぬ男たちの手に渡す、すなわち見殺しにしたかたちの私の気持は、複雑であった。

その日の午後は、新しく入所した者たちの捕虜（PW）としての登録の日で、われわれは島田中尉のことを心配しながらも、列をつくって登録をすませた。

夕食がおわっても、島田中尉は帰って来ない。袋だたきにされ、身動きができなくなっているのではないかと、われわれ旧部隊の者たちは他の幕舎からも集まってきて、対策を検討した。しかし、入所したばかりのわれわれには、一体だれに相談し、どこにいって島田中尉

を救い出せばよいのか、なんらの方法も考え出せない、まったくの頼りない実情であった。

午後八時すぎであったろうか、その島田中尉が意気揚々と酒気をおびて帰って来たのである。しかも、両手にいっぱいの紙づつみを持ってである。彼は意気軒昂としていった。

「部隊長殿、お土産です、みんなで食べて下さい」

私たちはあっけにとられて、島田中尉に仔細を聞いた。それによれば、島田中尉も最初は、覚悟をきめて彼らの幕舎に入っていった。ところが、案に相違して大歓迎だった。机上はご馳走の山で、食べろ、呑め呑めとのことで、一体どうなっているのか判断に苦しんだという。

そのとき、ボスらしい男が、島田中尉につぎのように語ったそうだ。

「――中尉殿、私たちは嬉しかったのです。驚かして申し訳ありませんでした。驚いたのは、じつはわれわれなのです。日本陸軍いまだ衰えずとの感で、胸が一杯になったからです。

われわれは捕虜であって捕虜ではない複雑なグループ（橘丸事件の広島部隊）なのです。最後まで米軍に抵抗する気でしたが、乗っている船そのものが拿捕されたのでは、どうしようもありませんでした。

当キャンプに入所したのは八月十八日でしたから、入所の日を捕虜になった日とすれば、われわれは戦時中の捕虜ではないと自分自身にいい聞かせてきましたし、軍人としてのプライドを堅守してもきたのでした。

一時にまとまって元気なおなじ部隊の者が入所した関係で、われわれは当キャンプの一大勢力となり、キャンプの組織の重要部門をうけもつことになりました。

八月のおわりから、いわゆる〝後輩〟、戦後の捕虜の連中がぞくぞくと入所して来ました。全員といってよいほど、栄養失調で満足に歩けない者ばかりでした。私たちは気の毒でもあり、またそんなになるまで苦労したのだと思い、同情といたわりの気持で、この人たちの世話をしてきました。しかし、私たちにわからない事態が起こってきたのです。中尉殿、それはいったい何だと思われますか。

はっきり申しましょう。敗戦病とでも申しましょうか、それら〝後輩〟は体力と気力を失っているばかりか、われわれにいちばん大切であるべき、軍人精神まで忘れてしまっているのではないか、と思われる言動をすることに気がついたのです。

無気力、利己的、プライドのない、これがかつてのあの日本軍の兵士か、と思われる人たちばかりでした。考えもしなかった敗戦ゆえに、彼らの言動が大きな変化をしてきたことは充分に理解できるのですが、われわれの根本精神であった軍人としてのプライド、とくに将校の卑屈さには驚くとともに、それはだんだんと彼らを軽侮の対象として見るまでに成長していったのです。

そうした中で、自分の所信を堂々と述べられた中尉殿を見て、われわれは嬉しかったのです。ひさしぶりに将校らしい将校を見た、と思ったのです。

聞けば航空部隊の方とのことですが、中尉殿を通じて、中尉殿の部隊が最後まで軍隊としての誇りを持ちつづけて来られたことが、よくわかりました。

どうかわれわれの気持をうけて、呑みかつ食べて下さい……」

この島田中尉の報告を聞いて、私はほっとすると同時に、複雑な気持にもうたれた。投降とともに階級はなくなった。昼食のとき見たように、旧部隊長が食事の配給を二度うけようとする事実もあれば、その部隊長を人前でビンタをとるということも起こったのである。要はその人間のギリギリの場において、恒心を持ちつづけ得るかいなかにあるのである。古来の諺に、「衣食たりて礼節を知る」とある。また言う、「武士は食わねど高楊子」と。そのとき、私は思った。だれを責めることもできない。すべては日本の敗戦の生んだ所産である、と。

ついでながら、島田中尉はこの日、登録をうけなかったために、登録はその翌日となった。その日の登録者はすべてシビリアンであり、彼はシビリアンの資格で登録したのであった。これは後になって、とんでもない事実となってあらわれた。すなわち、彼はフィリピンより内地に帰還する第一便に乗ることになったのである。シビリアンは戦犯には無関係だったからである。

島田中尉は青年将校として、武人として、その主張をまげなかったがゆえに、その後一年ものPW生活をすることなく、内地に帰還できたのであった。人生は正直であり、公平であり、また皮肉なものだとしみじみ感じさせる事件だった。

あらためて彼の多幸と、初心を忘るるなかれと祈るものである。

三　戦犯容疑者たちの憂鬱

特殊任務についた日本人

収容所入りして一週間後に、幕舎長会同が行なわれた。キャンプは数コ中隊からなっており、各中隊は数十という幕舎（テント）を所有し各幕舎内には四十くらいのベッドが入り、そこにわれわれPWが居住していた。

各幕舎は互選による長をきめており、その長が中隊本部との連絡に任じて、幕舎内の統制を行なっていた。幕舎長は旧軍での階級の上の者が多くなっており、私も自然とこの任についていた。

このとき、中隊長の峯尾氏が、声をひくめて、きわめてショッキングな話を私たちに聞かせてくれた。

「米軍は戦犯者の発見にやっきとなっています。しかし、確たる証拠の入手が困難なので、その探索方法の一つとして、日本人スパイをこのキャンプに潜入させました。彼らは戦時中は特殊任務についていた人たちで、すでに軍事裁判も終わり、戦犯者として決定された人たちです。

彼らは将校でもないのに将校として登録され、このキャンプに入ってきています。それは米軍の密命によるもので、もし戦犯関係のニュースをつかめば、それだけ刑がかるくなるという特典を約束されているのです。

彼らの名前は、私にもわかっていません。要は新入者のなかに彼らがいるのです。したがって、それらしき者には気をつけるのはもちろん、とくに戦時中の行動の細部については、ぜったいに話さないようにして下さい。

この話は極秘ですから、うまく幕舎の人びとに伝えて下さい……」

この峯尾静彦中隊長は海軍少佐で、かの有名なマニラ海軍陸戦隊の第三大隊長として、ニコルス飛行場を守備し、のちに東海岸に転進し、マウバン、インファンタ地区で終戦をむかえた、当時は戦犯容疑者ナンバーワンの人であった。それだけに、このニュースの伝達も真剣であった。

私は幕舎に帰るや、四十名の同居している人びとを見なおしてみた。二十名は私とともにアパリ地区にいたきっすいの部下であり、十名は峯尾氏のグループであることはわかっていた。そして七名は私の入所したさい、すでにいた人であった。

疑うとすれば、残りの三名にかぎられるが、この三名は同時に入ってきたおなじグループの連中らしく、どうも私の部屋には容疑者はいないと断定できた。しかし私は、このニュースを注意ぶかく各グループごとにつたえた。

が、おどろいたことに、各人はすでに、このニュースを承知していて、素性のわからない人には絶対に作戦間の話はしないことになっていたよしであった。スパイにかんして無知なのは、われわれアパリのグループだけだったのに、またおどろかされたしだいであった。

このニュースは時をうつさず各幕舎につたえられたようで、つぎの日の昼食後、私は、以前に私の関係していた部隊の大尉の来訪をうけた。彼は私をトイレ横の広場までつれ出して、つぎのような話をした。

「特種通信をやっていた山本中尉は、山中さんもよくご承知と思いますが、彼はこの三日前からマラリアが再発して、なかなかの高熱で苦しんでいるのですが、その彼がときおり熱のためか、うわごとをいいはじめているのです。

ところが、一人の男がにわかに彼のとなりのベッドにうつってきて、じつにまめまめしく彼のめんどうを見はじめたのです。なんでも山本中尉の同郷とかいっているので、われわれは感謝していたのですが、きのう幕舎長の話でスパイのことを知り、急に不安を感じだしたので、ご相談にあがった次第です。

ご存知と思いますが、われわれが通過した地点で事件があり、米軍がそのへんの事情を調べているとのことです。私としては別にやましいことはないのですけれど、事件にまき込まれたくないものですから……」

私はその足で、関係部隊の他の将校を集めて事情を聞いてみた。全員おなじ不安を持っているばかりでなく、そのうちの一人は、例のスパイらしい男が、山本中尉に誘導的な質問をしていることまで語った。どうやらスパイは実在していたのである。

私は夜になるのをまって、病院勤務から帰ってきたばかりの、さきにのべた〝先輩〟の軍医中尉に事情を話し、善処方を要望した。

山本中尉はつぎの日、病院送りとなり、週末にマニラに入港した病院船で、内地へ送還されたとのことである。

涙のクリスマス・イブ

私が入所している「四コン」の者はすべて、戦争犯罪（戦犯）容疑者とのことで、将校がほとんどであった。戦争が終わり、食事は三食とも保証され、一見のんびりした生活ではあった。事実、山の陣地の生活にくらべると、天と地の差があった。まして毎日、毎晩の砲撃のもとで、食うに食なく、逃げまわったものにしてみれば、この収容所は極楽でもあったろう。

しかし、われわれにはまだ、すっきりしない不安が残っていた。それは戦争犯罪者というレッテルをはられることへの恐怖であった。

じつはそのころ、われわれはまだ〝戦争犯罪〟という言葉を知らなかったのである。戦いが終わり収容所に入って、はじめて聞いた言葉であり、戦争中のわれわれの行動が犯罪にむすびつくなどとは考えてもみなかったのである。

しかし、毎日多くの人びとが、ジープに乗せられ、マニラ軍事法廷に出頭していくのをみると、いつわれわれのうえにも、この呼び出しがかかるのではあるまいかと、その日のくるのを恐れていたのだった。

そのわれわれをくさらせ、また苦笑させたのは〝首実検〟であった。ものものしく武装した二、三人のMPの先導で、五人くらいのフィリピン人が数百人、多いときには千名にもおよぶ日本人の列のまえを、ゆっくり〝首実検〟してまわるのである。

フィリピン人のグループには必ず一人ないし二人の娘がおり、MPにときどきなにごとか注意されながら、われわれの前を過ぎていくのである。

このフィリピン人のグループは、戦時中に日本人に略奪、暴行され、ひどいケースでは殺人が行なわれたことを米軍に申したて、その加害者の割り出しを直接、その目で行なおうというのである。

しかし、おなじ服装をしたみすぼらしい日本人PWの姿に、かつての残忍な面影の残っているはずもなく、また緊張した日本兵の恐ろしいまでの顔をみて、たった一人の犯人を、この列のなかより選び出すことは、不可能であった。

それでもわざわざMPを従えての首実検であれば、「いません」というわけにもいかないのか、「この人だ」と指さすのである。指さされた者こそ迷惑である。ただちに逮捕されて、マニラ法廷へ出頭となるわけだ。

ある軍曹のごときは、南部ルソンでの婦女強姦の罪で首実検された結果、マニラの法廷に呼び出されたが、この軍曹は、遠くセブ島よりほかの理由で、このキャンプにきていることが判明し、即日放免になった。

しかし、このようにアリバイのはっきりしている者はすくなく、まったくの濡れ衣の罪状で、長くマニラ通いを余儀なくされた男もすくなくはなかった。

昭和二十年も十一月に入ると、しだいに戦犯者と非戦犯者がはっきりと区別されてきて、非戦犯者（クリア）は帰還者名簿にその名が優先的に記入されるらしく、日本からの引揚船がマニラに入港するたびに、収容所を去っていくという日がつづくようになってきた。

「お世話になりました。お先に失礼します。みなさんの一日もはやいご帰還を祈ります！」

彼らは異口同音にそういって去っていった。

列をつくり、手をふって去っていく、かつての同輩を見送るわれわれ戦犯容疑者の胸のなかには、なんとも複雑なものがあった。

戦いの終わった日、われわれはこれで内地へ帰れると思った。切々たる肉親への思慕と、これからの夢で胸のなかを熱い想いでふくらませたものであった。だが、この想いをおなじくしたある者は去り、他の者は残った。

おなじ戦場で、おなじ条件で戦ったのに、一方は希望の途上にあり、他方は絶望にちかい死へとつながる途に残される。とくに残された者にとってやりきれなかったのは、その夜、帰還者収容キャンプから流れてくる〝お別れ音楽〟の放送であった。有頂天になった帰還者の歌声が夜空にひろがり、残留者の眠りをさまたげた。

この去る者、残る者の明暗をとくにはっきりさせたのが、十二月二十四日の夜であった。この日はクリスマス・イブのことでもあり、夕食はいつにないご馳走であった。食後、広場で演芸会があって熱演に熱演がつづき、われわれはひととき、PWの憂さをわすれて拍手を送った。いよいよフィナーレとなり、役者たち全員が舞台に立ち、監督が、
「みなさん、長らくお世話になりました。われわれの大部分は、明朝、当キャンプを去り、祖国へ帰ります。どうかお元気で……」
と絶叫したあと、全員で「ホタルの光」を合唱したときであった。涙がとめどなく頬をぬらした。みんなが泣いていた。帰る者、残る者——ただ泣くばかりだった。まさに涙のクリスマス・イブであった。

この日をもって、「四コン」より非戦犯者はすべて姿を消した。また〝先輩〟のほとんども帰っていった。残った者は戦犯容疑者のみで、いわば「四コン」は未決収容所になったわけである。

のちに知ったのだが、日本からのフィリピン向け帰還船のマニラ入港のスケジュールは、この日かぎりでいったん打ち切られたとのことで、翌昭和二十一年の六月まで、すべての日本人捕虜は自由なきPW生活をつづけざるを得なかったのである。

空き天幕のとりはずし工事が終わると、「四コン」は急にひろく感じられる気がして、おたがいに戦犯容疑者だという連帯感に、PW間の親近感が起こり、全員で話し合う機会がふえ、私にも多くの友人ができた。

こうして「四コン」はあきらめとも、やけ気味ともつかぬ複雑な思いをこめて、その年を越したのであった。

さらば四コン

昭和二十一年の正月——われわれは広場に集まり、はるか祖国を拝し、その繁栄を祈念した。

「四コン」も新しい秩序のもとに、より有効なPW生活を送るべく、各種の変革が行なわれ、大隊本部をおき、三コ中隊に分離した。給養もますますよくなり、戦犯の恐怖さえなければ、まずまず快適な毎日であった。

一月十日、とつぜん命令が下り、二千名以上におよぶ将校が非戦犯となった。私をふくめて、この二千名の将校は、長い列をつくって「四コン」をあとにし、非戦犯キャンプである第二キャンプへと行進を起こした。

「みなさん、お世話になりました」

かつて容疑が晴れて、日本に引き揚げる人びとのはくこの言葉に、私はふくそうした感慨をおぼえたが、いまおなじ言葉を「四コン」に残したのである。

四　ＰＷ悲喜こもごもの歳月

将校グループの中隊長

第二キャンプは、第四キャンプから歩いて三十分の距離にあった。第四キャンプを出て左方向にすすみ、第一キャンプの左端で右折し、二キロぐらい大きな道路を歩く。道路の左側には、本部（米軍ＨＱ）をふくめて米軍関係の施設が立ちならんでいる。ちなみに、当時の本部のあった建物は、後に、フィリピン軍のキャンプとなっている。

この道路を直進すると、右側に広い敷地をようする第二キャンプにいたるのである。左前方に無数の白木の墓標の立つ日本人墓地があり、そこには、やっとこの地までたどりついた約一万の日本人将兵が、内地を夢みながら眠っている。さらに墓地の左前方に病院と、おなじく捕虜になった婦女子のキャンプがならんでいた。

われわれは斉藤という大尉の動議で、第二キャンプの入口でいったん行進をとめ、第二キャンプに入ってからあとのわれわれ将校グループの代表者、ならびにその組織下ではたらく人員の選出を行なった。

われわれ非戦犯となった将校グループには、かつて参謀長だった人をはじめ、多数の高級将校がふくまれており、代表者はとうぜん、そういった人びとが選出されると思っていた。ところが、意外にも私が指名されてしまった。このときは、さすがの私もおどろきと、ことの意外性に胸もはち切れるばかりの心境になった。

私は「四コン」時代にみじかい期間ではあったが、大隊本部で勤務したことがある。その勤務ぶりが買われたのでもあろうか。私の下で勤務する七名の者もその場で決定され、そのあとわれわれ将校グループ二千名の大集団は、私を先頭にして第二キャンプの門をくぐっていった。

キャンプの入口には、米軍MPとまったくおなじ格好をした一人の日本人が立っていた。彼は私を見ると、いきなり直立不動の姿勢をとり、挙手の礼をして私に問いかけてきた。

「中隊長ですね」

「将校グループの代表者です」

「大隊長がまっておられますので、大隊本部へおつれします。他の方がたはとりあえず、前方に見える空きテントで待機して下さい」

私は、そのMPスタイルの男に同行して、大隊本部に出頭した。

大隊本部は正面入口より約百メートル入ったところにあり、テント前にはすでに三人の男が立って私をまっていた。私は中央の大隊長とおぼしき人にたいして挙手の礼をしたのち、

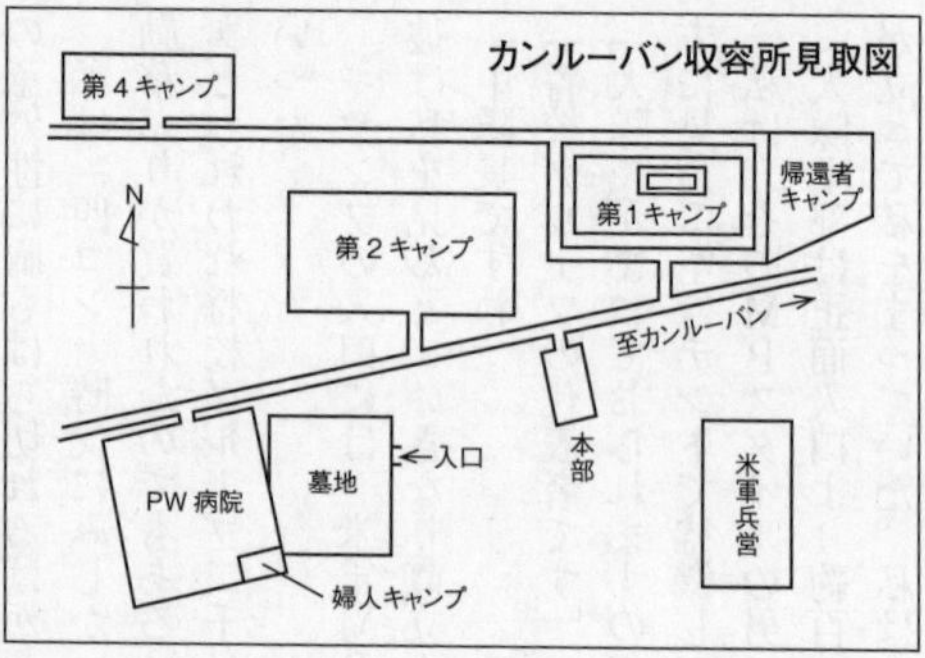

「将校グループ、二千名ただいま到着しました。なにぶんよろしくお願い申し上げます」

と当たりさわりのない口調で挨拶した。

「ようこそお出でになりました。みなさんクリアになり、なによりです。私は大隊長の西田です。よろしくお見しりおき下さい。

将校の方がたは今後、将校中隊として私の指揮下に入って下さい。今後のやりかたについては逐次指導します。

ここで一つ強くみなさんに注意しておくことがあります。それは将校中隊と、他の中隊との間でのトラブルの発生についてです。ご承知とは思いますが、兵隊は将校たちに反感をもっています。兵隊は全員このキャンプでは働いていますが、将校はたてまえ上、労働はしません。それに人員の点では最大の中隊です。

ですから中隊長は、他中隊長との融和につとめ、将校各位は充分に自重するよう要望します……」

大隊長はそう私に訓示すると、握手をもとめた。大きな、ごつごつした手であった。見れば眉間に刀きずもあり、全身が筋肉のかたまりといった五十歳前後の男である。

この人はあとで知ったことだが九州の出身で、政友会の院外団長もやったことのある人物とか。フィリピンでの建設工事のため、一流建設会社の現地における代表者として、フィリピンにやってきたらしい。いわば多くの労務者の頭であった。

内地にいたころは、院外団長という肩書きが語るごとく、そうとうの修羅場をふんできた模様で、その後、私は何度も彼の裸身を見たが、全身に多くの弾傷、刀傷のあとがあった。まさに文句のつけようのない大親分のようであった。

将校中隊が自力で、キャンプ正面入口の左の空地に天幕を立てて、住居づくりの作業を完了したのは、その日の夕方だった。われわれはこの天幕のなかで、非戦犯者としての第一夜をむかえたのであった。

この第二キャンプにきて、まず気がついたことは、その囲いであった。これまでの「四コン」は、まるでバリケードを思わす二重の有刺鉄線で厳重にかこわれており、さらに十メートルおきに望楼があり、常時マシンガンをもつ看視兵がわれわれを見守っていた。

ところが、この第二キャンプはというと、まったく申し訳ていどの細い鉄線による囲いのみで、それは一般の住居にみられる囲みより、さらにお粗末なものであった。もとより警備兵の影など、あろうはずもなかった。それに「四コン」にはまだ、戦いのにおいが濃厚にのこっていたが、ここ「二コン」は文字どおり非戦闘地区の感があった。

典型的ヤクザの世界

敗戦にともない、日本軍隊の組織が瓦解すると同時に、それにかわって治安の維持を担当したのは〝ヤクザ〟の組織であった。

これはフィリピン国内の収容所だけにみられた現象ではなく、日本内地その他でも、これに類似したことがあったと思われる。すべてに荒っぽいが、素朴とさえ思われる方法で、彼らは集団を統一した。力による統御法である。ここ第二キャンプはまさに、典型的なヤクザ王国であった。

かつての「四コン」においても、このヤクザ方式は最初のころは厳存していたが、「四コン」ではこの方式はなりたたなかった。なぜなら、そこの住民の大部分は戦犯容疑者であり、その取り締まりに当たる者、つまりヤクザ連中は非戦犯者だったからである。

「四コン」は〝戦犯〟の印をおされるか否かの分岐点の場所であった。したがって、非戦犯者がのさばる余地はなかった。いいかえれば、凶悪犯人をふつうの犯人が取り締まれるはずがないのと同じであった。

だから「四コン」では、戦犯容疑者の方がいばっていた。彼らには恐れる者はいなかった。こわい相手は、マニラの軍事裁判であり、まさに〝死〟そのものであった。

それを実証する一つの事件があった。ある日、包丁を片手にした約五十名の兵隊中隊の者たちが、突如として将校中隊を襲ってきた。彼らはまず中隊本部に斬り込んだ。これは彼らのミステークであった。

なぜならば、「四コン」将校中隊の本部は海軍関係者で構成されており、彼らのすべては戦犯者そのものであったからだ。マニラ海軍陸戦隊の生き残りと戦ったのでは、烏合の衆のヤクザ部隊が勝てるはずはなく、ほうほうの態で引きさがったという一幕であった。

このときの将校中隊の中隊長は、まえにもふれた峯尾静彦少佐であり、戦った双方に負傷者多数がでて、米軍MPが出動するという騒ぎにもなった。

襲撃した側の首謀者は、米軍によりPWならぬ、ふつうの犯罪者として、ピリビット刑務所に収容されたそうである。したがって、ヤクザによる統治の成否は、相手が善良なる人びとであることが一つの条件なのであろう。

一方、ここ「ニコン」の将校たちは非戦犯者であり、善良なる人びとの範囲に入る。したがって、ヤクザの統治にさからう者はいなかったといえる。また残念なことにわれわれの間には、「何のなにがし」といったヤクザの系列につながる者もいなかった。

しかし、皮肉なことに、大隊本部の幹部、各中隊長は私を彼らの同類として見ており、また、そういったつき合いをしているふしがあった。私は将校中隊の中隊長であると同時に、親分でもあらねばならなくなった。事実、その後に多発した将校と兵隊の間のトラブルも、私が顔を出すことで簡単にカタがついた。

「中隊長の顔を立てて、今日のところは手をひきましょう」

というケースが何度もあったのである。

とくに私の顔がもっともきいたのは、ほとんど毎晩のように行なわれた、兵隊中隊より将校中隊への殴り込みのときだった。

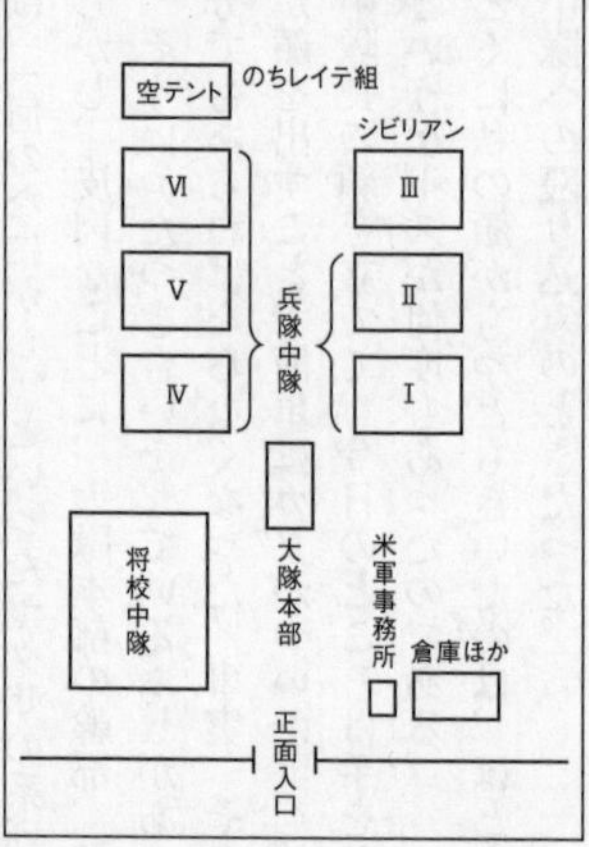

第二キャンプ中隊配置図

「○○中尉はおるか、出てこい！　山ではだいぶ世話になった。今日は充分お礼させてもらうぞ！」

戦争中の山の生活で、上級者が下級者につらく当たったことへの仕返しであった。

ある中尉のごときは、もとの部下たちにフクロだたきにされたあげく、水槽に首をつっこまれ、死の一歩手前までいったケースすら出現した。

そういう場合、一般の将校の仲介ではラチがあくどころか、かえってコトを大きくする恐れが少なくなかった。結局は私の出番となり、先方の親分との話し合いでケリがつくのであった。

しかし、あまりトラブルが多発するので、大隊長と相談のうえ、将校側も自警団をつくり、消防小隊と称して約二十名の屈強な若い将校を一ヵ所に寝泊まりさせ、自己防衛せざるをえないことにまで発展した。

この消防小隊は、私を親分とする将校中隊の〝ヤクザの変身〟でもあったのである。将校中隊内の最高のランクであった駿兵団参謀長の岡本孝行大佐から私に、

「君は、市ヶ谷組の次男坊だよ」

と皮肉とも、激励ともつかぬ言葉をもらったのもそのころであった。

こうして約四ヵ月間、私が後述するある事件にまきこまれて、中隊長の職をやめるまで、私は〝親分〟であり、〝将校ヤクザ〟であった。収容所内での幹部の会合にでたときなど、「中隊長は、どこの御身内ですか？」という質問をうけ、返事にこまったことも何度かあった。そんなときは、かならずそばにいる他の幹部が、「バカな質問はよせ。山中中隊長は士官学校出の少佐殿だゾ」とたしなめるのである。すなわち陸士出身とは、正当なるヤクザ社会に通用する親分系列に匹敵するだけの意味をもっていたのである。総じて「ニコン」の親分衆は、私には好意的で親切であった。

このころ、「山中中隊長は将校らしくない」と、みなが私を評していっていることも知っていた。

考えてみれば無茶な話で、士官学校出の若い少佐が将校らしくないとは、いったい何事だ、と私も心中はなはだおだやかでない気持ではあったが、「つきあい、つきあい」と思って、いつも笑って低姿勢で彼らに接した。

しかし、よく考えてみると、〝将校らしさ〟ということは、ウラをかえせば〝威張る〟ということでもあり、兵隊たちにとっては将校とは威張る人、無理をいう人というイメージにつながっていたのだ、とよくわかった。

親子ほどの年齢のひらきがあるため、西田大隊長には特別に目をかけられ、彼が収容所内を視察するときはかならず、伝令が私をよびにきて、私は大隊長と行をともにすることが多かった。いちばん最初にお供をしたとき、

「中隊長、のどが乾いたな。ちょっとお茶でものんでゆくか……」

と、もよりの中隊に立ちよったことがあった。中隊事務所に入ると、中隊長以下の幹部が出迎え、テーブル上には正式のコーヒーに、豪華なケーキまで出された。これには私もおどろいたが、ヤクザの生活の一端をみる思いがした。

この西田大隊長は、ホンモノのヤクザではないが、その経歴ゆえにヤクザの上の位にあった。彼はいっぱしの実業家であり、政客であり、また右翼のボスでもあった。

彼の居室は個室になっており、室内には毛布がしきつめられ、彼はいつも毛布を五枚くらい積みかさねたそのうえに、タオルでつくった真っ白なガウンを羽織って、あぐらをかいていた。まさに世にいう牢名主であった。

親分衆というのは大隊本部の役員、各中隊長、そして演芸部長、炊事班長、SP（私設自警団）の古賀さんとつづくのであるが、私の中隊の炊事班長は井上という男で、上半身総刺青をした神戸の沖仲士出身の人であった。

彼は腰のひくい、また、いつも微笑をたやしたことのない人で、毎日一回、午後にかならず私のところに顔を出した。そのときはおやつ用のケーキを、これまたかならず持って来たものである。

このケーキは明らかにわれわれ中隊本部要員の〝役どく〟の一つであったが、これ以外にも、われわれは消防小隊の人員をふくめて、ヤクザ世界通例の役どくをうけていた。その第一は食事の量と質が、一般ＰＷとは違うということである。

食事は、全員が列をつくって順次に炊事班員から、各人持参の食器にまったく一律に支給されるのであるが、食う以外に楽しみのないＰＷは、その配給量の多少の差にも文句をつけるのである。

ところが、われわれ中隊本部、消防小隊の者は、列をつくらず、幕舎内に持ち込まれた食缶からそれぞれ好きなだけ食事をとることができた。

第二の役どくは、消灯前に小夜食がでることであった。小夜食はケーキと紅茶といった軽食が主だったが、これが一般のＰＷにはなんとも腹の立つことであったらしい。

この役どくは、中隊全員の問題となり、とくにわれわれが〝不平組〟といっていたグループの連中にとっては、容認できない一事とみえて、猛烈な反対運動が起こってきた。彼らの反対運動は、まず〝いやがらせ〟からはじまった。

われわれが食事をしているさいちゅうに、そのグループの一人がスパイとなって、中隊本部幕舎に入ってくる。これは毎食事ごとにである。そしてわれわれがなにを、どのくらい食っているかを中隊全員に知らせるのである。

ついで小夜食の時間になると、またまた用事にかこつけて幕舎内に入ってきて、いつまでも立ち去らない。

そこでわれわれは、その時間になるとスパイの進入をふせぐため、幕舎の入口をかたく閉ざすことにした。彼らは進入不可能とみると、幕舎のすそをめくって中をのぞくのであった。

イヤ気のさした私は、中隊幹部と相談し、いっさいの役どくをとらないことにした。ところが、私のこの決定についてこんどは、大隊長、炊事班長からクレームがついた。

ヤクザの世界に役どくは当たりまえのことであり、それも上にあつく、下にうすいというのが常識である。ヤクザの理念で大隊を統制している大隊本部にとっては、この将校中隊の特例はすてておけないことであった。大隊長は私をよぶと、つぎのような注意をあたえた。

「中隊長、あなたは特別な任務についている。遊んでばかりでなんの作業もしていない一般将校とは立場がちがうということを忘れてはいけない。井上班長が中隊長のためにつくったものは、大威張りで食べることです」

私は将校たちの批判と、大隊長の指示のはざまで大いに悩んだ。ヤクザなら悩むことのないことがらを、ヤクザならざるがゆえに悩むのがおかしくもあった。

結局、配食はならんでうけたが、べつの列をつくることになった。また小夜食は消灯後、天幕を厳重にしめてからとることにした。しかし配食時になると、不平組の連中はいぜんとして立ち会っており、小夜食の時間には、天幕を強引に開いて入ってくる〝特攻隊員〟が後をたたず、私の〝ヤクザ精神〟を大きく阻害した。

この一連の〝いやがらせ〟を行なったのは、中年の軍医のグループで、私が最後に中隊長をやめざるをえない理由をつくった〝将校優先論〟の申し立ても、この連中のしわざであった。

毎日なすこともなく、家庭のこと、内地のことのみ考えている、とくに中年の人びとにとっては、そのストレスのはけ口を中隊幹部の役どく攻撃に見出したことも、理解はできるが、当時の私にはまったく不愉快きわまりない一事であった。

この役どく返上運動は、大隊幹部に将校不信任の気持を、彼らの常識の上に立ってうえつけたのも事実であった。ヤクザの世界は、絶対に民主的思考とは相容れない世界であり、理屈の世界ではないのである。

演芸部員は専業制

第二キャンプにはまた、演芸部という独立したグループがあった。部長は高野という人で、親分衆の有力な一人であった。

演芸部内には二つのセクションがあり、一つはいわゆる純演芸をやるものと、他の一つは角力であった。部員すなわち〝役者〟と〝力士〟は各中隊から出ていたが、いずれも労務にはつかず、役者または角力とりとして専業であった。

純演芸部員は裏方もふくめて三十名くらいの編成であったが、なんといっても立役者は、将校中隊から派遣している二名で、両人とも女形であった。

一人は川島という歩兵の中尉で、北部ルソンの戦闘では二度も斬り込み隊長として活躍した男であったが、京都の芸術関係の専門学校を出ており、女装すると内地の舞台に出しても恥ずかしくないほどの名優であった。

もう一人は、私の旧部下で、松村という少尉のパイロットだった。この男はもっぱら、洋装の女が専門であったが、そのスラリとした娘姿はこれまた、他の追随をゆるさないものがあった。

この二人は朝の点呼が終わると、私に挨拶をしたあと演芸部に出勤し、夜遅く帰ってくるという、一般のPWとはまったくかけはなれた生活をしていた。

彼らは夜の練習が終わると、ドラム缶の風呂に入るのであるが、多くの兵隊中隊の連中は、女形が風呂に入るというので、わざわざ風呂場のまえに居すわってこれを見るという、収容所ならではの風景もあった。

私は彼らが中隊に帰ってくるのを毎晩まっていて、わずかの時間ではあるが、彼らと話すのが楽しみであった。女ッ気のないこの収容所では、女形というだけでなにかしらはなやかな気持になるのが不思議であった。彼らと毎日、話ができるということも、私の〝役どく〟の一つでもあった。

土曜日の夜になると、第二キャンプは浮き浮きしてくる。それは待ちにまった芝居が行なわれるからである。娯楽のないこのキャンプでの娯楽といえば、この芝居と日曜日の午後からの角力の二つだけであった。

将校が、この「二コン」にくるまでは、演芸部にはまともな女形がいなかったという。それだけに将校中隊からの二人の加入により、演芸部はスタッフが充実し、どんな演《だ》し物でも上演できるようになった。衣裳の製作には専門職人がおり、どうやって作るのか知らないが、芸者用の晴れ衣までつくるのが可能であった。

夕食が終わると、PWたちはそれぞれに自作の厚紙を切りぬいてつくった尻敷をもって、舞台のまえに座をしめるのである。このときもわれわれ親分衆は広場の中央、舞台正面にしつらえた桟敷にどっかりとすわり、大隊長を中心としてお歴々の総見となるしだいだ。

もとより観劇中の料理、酒、タバコはふんだんにサービスされ、桟敷には役者たちが挨拶にくるという、まさにお大尽の芝居見物さながらであった。

ここで一つの事件が起こった。それも、まったく私の思慮なき、若さゆえの暴言に端を発したものであった。

当時はキャンプ内があまりにも平和であったせいもあって、十日に一度、いや一週間に一度くらい大隊長主催の宴会があり、西田一家の顔役があつまって酒をのんだものであった。

事件の起こった前夜にも宴会があった。私も列席して、西田大隊長のそばで酒をのんでいた。ふと見ると演芸部長がめずらしく列席しており、役者連中をサービスにつれてきている。私はそのとき、いやな予感がした。しかし、酒がまわってくると全員が陽気になり、宴会はそのまま終わるかに見えた。

そのとき一人の中隊長が、

「野郎ばかりではおもしろくない。大隊長、ひとつ今夜は特別に、女形をよんではいかがですか」

いないだした。私のわるい予感は当たったのだ。女形といえば、川島中尉と松村少尉しかいない。私は愕然とした。つまり将校が兵隊の座もちをすることになるからである。

私は頭痛を理由にして退席すると、中隊に帰って考えこんだ。これでいいのか、と。いくら世の中が変わったといっても、将校が兵隊のごきげんをうかがうということが許されるか、という問題である。その夜、おそく帰ってきた両将校に私は、その夜はあえて会わなかった。

つぎの朝の点呼で、私はこの二人の顔を仔細に観察した。それは、不貞をはたらいた妻の顔を見る夫のまなざしでもあったろうか。

彼らはいつもと変わらぬ妖艶な笑みをうかべて、眼前を通りすぎる私にかるい会釈をした。とたんに私は〝むかっ〟ときた。〝恥を知れ〟とばかり怒りが込み上げてきたのだった。

その日、私は彼らが演芸部に出向くところを呼びとめた。そして強い口調でいった。

「貴様らの昨夜の行動は一体なんだ。いやしくも将校のなすべきことか。恥を知れ！」

いまから思っても、思い切ったひどいことを口にしたものである。

一瞬、おどろいた二人であったが、やがてなぜ私が怒っているのか気づいた川島中尉は、逆にこれまた強い口調で、私に反論してきた。

「私は、中隊長が、なにをそんなに怒っておられるのかわかりません。昨夜、われわれがなにをしたといわれるのですか。恥をかくようなことをしたのでしょうか。

私たちが宴席にでたとき、中隊長は退席しておられたではないですか。私たちは中隊長に会えると思って、楽しみにして行ったのです。

みなさんは私たちを将校として、演芸部の幹部として接してくれました。酒の酌をしたのはわれわれではなく、彼らでした」

みれば、川島中尉の双眸より涙が流れている。彼はさらにつづけた。

「私たちが演芸部に入るとき、中隊長、あなたは私になんといわれましたか。芝居はわれわれの唯一の楽しみだ。まして女形は当キャンプにはいないよし、がんばってくれ。そして兵隊中隊との親善につとめてくれ。

苦しいこともあるだろう、好奇の目で見られることもあるだろう、しかし君たちは芸術家であるという誇りでやるんだ。絶対に将校意識を出すなよ、といわれたのは、中隊長、あなたではなかったのですか。

しかし、そうまで言われるのでしたら、われわれ二人は今日かぎりで演芸部を退部します」

私は返す言葉がなかった。彼のいう通りである。にくまれ者の将校中隊で、兵隊に人気のあったのはこの二人の女形役者と、一人の角力とりで、この人たちのおかげでどんなにか、おたがいの心がなごんだことであったか。

そのとき私はすぐ、私の失言を訂正すべきであったし、現に私自身いいすぎたことを後悔もしていた。しかし、そのとき私は二十七歳の無鉄砲者、どうして一分前にいった言葉を訂正できるであろうか。

やがて彼らは去っていった。私は失言をとり消すすべのないのにいらいらしていた。

その日の午後、昼食後の一服をしていた私のところへ、演芸部長の高野氏が天幕をはらりとひき開け、私のまえに斜め半身にかまえて座り、中央に一振りのドスをおいた。すべて無言であり、じつに板についたといおうか、絵にでも描いたような、ヤクザ作法にかなった所作であった。

高野氏はやはり九州の産で、ヤクザらしくなく、親分衆のなかでは数少ないインテリでもあった。やおら彼は口を開いた。

「中隊長、私がなにをしにきたか、もう充分おわかりと思います。私をふくめ、演芸部の一同は中隊長を見そこなっていました。あなたは数少ない、スジの通った将校だと思っていました。しかし、いまや、なにをかいわんやです。

川島中尉は演芸部に必要な人です。彼は役者だけの人ではありません、演技の指導はもちろん、脚本までもめんどうをみていただいております。将校でなければできない仕事をしてもらっているのです。

いいですか、今日から、いやたったいまから、川島中尉と松村少尉の身柄は、演芸部であずかります。文句があるならいって下さい」

言葉こそいちおう丁重であったが、私に一言も反論をさせないだけの充分の圧力があった。彼はしばらく私の顔をみていたが、私が無言なのを見て立ち上がった。天幕の外では五、六名の同部員が、私と高野氏とのやりとりを見守っていたようであったが、これも高野氏といっしょに静かに立ち去っていった。

将校のプライドも、私の強がりも、高野氏のひとにらみで一瞬のうちに煙のごとく消え去った。暴力には抗すべくもない、はかない将校のプライドでもあった。それにもまして私の心をさびしくさせたのは、朝夕に中隊本部を通って美しい微笑みで私をなぐさめてくれた、二つの花が去っていったことであった。

名誉をかけた大角力

角力部のことも書く必要がある。角力は、強制されてとれるものではない。好きでなければ土俵には上がれないのである。私がこの本質を知ったのは、栄養不良で、まだ健康が回復していない者も、土俵の魅力に抗しきれず角力をとり、その傷口をいっそうひどくしていった多くの将校の〝力士〟を見たからである。

竹村という大阪出身の砲兵大尉がいたが、彼は大学時代、角力部の主将であり、角力には目がなかった。しかし、とても角力をとれる身体ではないのに、この魅力に負け、日曜日になるとかならず土俵下に陣どり、取組がすすむうち、ついにたえ切れず土俵に上がるのであった。

中学の博物教室にあった人体骨格の標本のごとき、骨と皮のみの彼の出現には、観衆はおどろきをもって、いつも盛大な拍手を送ったものであった。彼は結局、あばら骨を三本も折って入院ということになり、念願の角力部員にはとうとうなれなかった。

将校中隊からの正式部員は結局、医専出身の若い軍医少尉一名にとどまったが、角力部員

角力に興ずるレイテ島収容所の日本兵たち——レイテからカンルーバンに移動してきた1000名との間に、トラブルも生じたが、名誉をかけた角力大会が行なわれ、両者が融和する機となった。

も正式になると、さきにのべた特権階級に属し、充分に食べて、充分に練習するので、ますます強くたくましくなっていった。

忘れられないのは、海軍の老大尉が、みずから呼び出しを買ってでたことで、彼は毎日もくもくと土俵を清め、また日曜日には呼び出しをやっていた。もちろん彼も正式な部員であった。

四月に入って、レイテ島から約一千名のPWがやってきた。彼らのことをわれわれはレイテ班とよんでいたが、彼らのグループも「二コン」とおなじく、ヤクザ組織で構成されており、親分・小頭がいた。

これをむかえた「二コン」の組織との間に、トラブルが起こるのはとうぜんの成り行きであった。あとでのべるバクチ場での、両者間のトラブルが原因で〝大出入り〟になり、聞くところによると、レイテ班には死者もでたという。

この事件のあと、だれが計画したのか両者の間で、選手を出しての角力大会が開催され、はじめて人前で、レイテとルソンのPWが裸で争うということに相なった。人数的にルソン、にくらべて十分の一のレイテ班は、勢力争いには負け、その主張はいれられず、どんなにかくやしい思いをしてきたか。せめて角力でそのウサをはらそうと、必勝を期したのである。

ルソン側も角力部の意地があり、特別給養で養成されてきた力士たちは、ルソンの名誉のためにも負けるわけには行かないのである。

また、両者の背後には、それぞれの親分のメンツもかかっているという、まさに遺恨試合ともいうべき大決戦の様相をも呈していた。

こうして「二コン」PW全員の見守るなかで試合がはじまり、結果的にはレイテが勝った。このときこの勝負の行司をつとめたのが、大隊副官の兵曹長であった。彼は、平素は後述するバクチ場の仕切りを担当していたのであるが、ことがことゆえ、この重要任務についたのである。

彼の当日のいでたちというと、上半身裸で、真っ白いサラシを腹に巻き、明らかに〝ドス〟とわかる三寸五分を、そのサラシの中に差していた。

彼は試合終了後、

「もし、試合中にトラブルが起こったら、その場でドスを使おうと決心していたんだ」

と、当日の緊迫した気持を私に語ってくれた。幸いなことに、この角力大会を機として、西田大隊長のキモ入りで、双方に和解の気運が起こり、盛大な手打ち式が行なわれたのはなによりのことであった。

カジノも大繁盛

ヤクザの世界に〝バクチ〟はつきものである。この「二コン」も例外であるはずがなく、ここには公認の〝カジノ〟があった。

さすが将校ヤクザを自認していた私も、このカジノには顔を出したことはなかった。いまにして思うとまことに残念で、千載一遇のチャンスを逃した感もする。とくに花札、サイコロ、トランプによる本式のバクチの現場を見れたのにと残念である。したがって、以下に記述することは、他人に聞いたことを根拠に記すしだいである。

〝二コンカジノ〟にはだれでも入ることができた。入場料をとったかどうかはさだかでないが、一歩カジノに足を入れると、当時はめずらしかった紙巻タバコがすい放題であった。ひとくちに紙巻タバコというけれど、一般のPWにはこれらの配給はなく、すべて手巻タバコだったのにくらべ、ふんだんに紙巻タバコがあったことからみても、このカジノがいかに規模が大きかったかがわかる。

賭け金は、日本円またはドルであり、「四コン」時代のマージャンで夜食に出たケーキをかけるといった、みみっちいものではなかったことはたしかである。

日本円について思い出すのは、私のもと部下と自称する男のことである。この男は、ひょうきんな見るからに三下ヤクザっぽい男でもあった。彼がひとかどのヤクザの仲間に入れたのはこの日本円のおかげで、彼はその金を便所のなかから取り出したのである。

彼の話によると、ある日、便所の横で中年のシビリアン風の男が泣きそうな顔で、便所のなかをのぞき込んでいるのを見た。わけを聞いてみると、なんとそのシビリアンは隠しもっていた虎の子の日本円を便所のなかに落としたというのである。金額は十万円といっていたが、その半分にしても五万円という大金である。

彼は話を聞くやいなや、ただちに裸になり、ドボンという音とともに便所のクソツボに飛び込み、たえきれない臭気をものともせず、全部をひろい出し、その半分をせしめたというのである。

話せば簡単であるが、彼の身体の臭気が消えるには三日かかったというし、さらに問題は紙幣そのものにあった。彼は一枚、一枚ていねいに水洗いし、これを人目につかない場所で乾かしたというのである。

この男は前述の「四コン」での将校中隊への兵隊による襲撃事件のさい、サシミ包丁を片手に先陣きって斬り込んだ張本人でもあった。

日本円はこういったかたちで、各人がかくして持ち込んだものが多く、相当の額になっていたものと思われる。ドルはこのキャンプが作業大隊であることからして、米軍のいるところではたらく者が多く、チップなどの名目で少しずつではあるが、持ち込まれたようである。ただし軍票はぜんぜん通用価値はなかった。

さて、胴元はいかにして資金を調達したかというと、主として所内の特別食堂の収入からえたようである。

食堂といっても、べつに特定の場所があるわけではない。しかし、金さえ払えば、炊事場の片隅で食事ができた。酒も缶詰も自由に買えたのである。私も部下におごってもらったことがあるが、「四コン」の相場では朝飯が、飯盒に純白米めしを山盛りにして、そのうえにバターをたっぷりのせたものが百円であった。

かくして土曜日をのぞく、毎夜（土曜日は芝居があるので、場所が同一であることから休業）のようにサイコロ、花札、トランプを使っての賭博が盛大に行なわれたのである。そのころにはわれわれ将校仲間でも「インケツ」「ヤゾウ」などのバクチ言葉が日常会話にも平気で使われたものであった。

ある日のこと、炊事班長の井上さんが来所したとき、話が花札のことにおよび、彼に「おいちょかぶ」のやり方を実演してもらったことがあった。彼の札さばきはまったくのクロウト芸であり、一種の手品を見る思いであった。彼はごく自然にくっていると思われる札のなかから、どの札が何であるかを的確に当てるのであった。

井上さんの話によると、いかさまというのは、やたらにやるものではなく、平素の練習によるそのテクニックで、勝負に勝つのだといっていた。つまり、あらゆるチャンスを逃さず相手の気をそらして、その瞬間に札をおぼえるのだという。現に中隊幹部八名が目を皿のようにして見ているなかで、かさねた札の一番上とか、一番下の札をはっきり当てるのは、まったく神業としか思えなかった。

そのころのある日、大隊本部をおとずれた私は、本部の裏側で四、五人の兵隊が副官に精神棒でせっかんされているのを見たが、その精神棒によるせっかんは私の目をそむけさせるほど、強烈なものであった。

聞けば、その兵隊はレイテ班の者たちで、バクチ場でのトラブルによるせっかんとのことだった。先に述べた遺恨角力の原因につながるものであった。

五　望郷と焦燥の時をへて

今野大尉よ健在なれ

「中隊長、中隊長！」

とよぶ声で、私はハッと目をさました。見れば、一人のPWが私の枕もとに直立不動の姿で立っている。

「何だ、こんな時間に……」

私の言葉は、おそらくつっけんどんであったに違いない。昼間の激務のあとでは、睡眠くらいは充分にとらしてほしい、というのが正直のところ当時の私の心境であった。

「すみません、夜分お起こしして……しかし、どうしてもご相談したいことが……しかもそれが緊急を要しますので、失礼をかえりみずお願いにまいりました」

彼のただならない気迫におされて、私は起き上がると、彼を中隊の事務所につれて行った。

「私は陸士五十五期の今野です。結論から申し上げますと、私は戦犯決定者なのです。まちがって第二キャンプに収容されているのです。他キャンプからの情報で、私は明日にも再逮捕されるおそれがあります。もしできることなら、中隊長のご配慮でなんとか助けてほしいのです」

そう口ばやに申したてる彼は、終戦時にニューギニアのサルミ地区にいたという。当然ニューギニア地区でも、ルソン島とおなじく戦犯者への追及は行なわれ、彼はいくどかの調査、裁判により戦犯になった次第であった。

罪名は『米軍飛行士殺害の罪』であった。彼はサルミに赴任する以前は、ビアク島守備軍の中隊長であった。ある日、米軍のB24がビアク島に不時着した。とうぜんその搭乗員は捕虜となり、彼はそれらの者を処刑したのであった。

この事件で起訴され有罪となったのは、彼をふくめて三名であった。ある日のこと、彼らは飛行機で他地区にうつされることとなった。ところが、どうまちがったのか、彼が最終的に収容されたのはルソン島カンルーバンの収容所であった。おそらく、ハルマヘラ付近で、行き先のちがった飛行便に乗せられたのであろう。

彼はルソン島にきてはじめて、状況の変化を知った。それと同時に「あるいは」という気持がわいてきた。彼はいっさい過去を秘して第二キャンプに入った。そしてこのキャンプが非戦犯者の収容所であることを知り、その「あるいは」の希望はますますつよくなっていった。

その彼が、私をたずねてきた日の夕方、他キャンプに収容されていた彼のグループのうちの一名が再逮捕された、という恐るべき情報を入手したのであった。

このままではとうぜん、彼も再逮捕されるであろう。彼は悩みになやんだ。一度味わった非戦犯者の夢をすてたくなかったのである。

中隊長である私は、陸士の先輩でもあり、いちおうキャンプでの実力者である。その中隊長に相談すれば、なんとかしてくれるのではないか。彼は夜中ながら意を決して、私をおとずれてきたのであった。

彼の告白というか、相談をうけたとき、私はなんとか力になりたいと思った。また、私にとってサルミの部隊は〝他人〟ではなかったのである。かつての日――昭和十九年四月ごろ、私はサルミに不時着し、そこの師団司令部で二日間ほどお世話になっているからだ。そのとき、そこの軍医部長は私のために抹茶までたててくれた。そのときのたった一粒の赤いコンペイトウの味が、いまも私の舌の上に残っている。

「よし、わかった。なんとか手をうってみよう!」

私はこういって彼をはげまし、幕舎に帰した。私には打つ手はあった。すなわち、先に述べた山本中尉の例にならって、彼を病院に送り込み、最近便の病院船に乗せてしまうことであった。私には充分な成算があった。サルミ、ビアクのあの苛烈な戦闘に耐え、生き残った若い後輩をすくう義務があると、私は強く思ってもいた。

翌早朝、私はときならないジープの音におどろいて舎外に出て見ると、白いMPのヘルメットをかぶった米兵が、中隊事務所に入ってくるところであった。

遅かったか――一週間、いや二日おそかった。まったく手のうちようのないまま、今野大尉はMPにつれ去られていったのであった。

去るにのぞんで彼は、私にわずかに黙礼した。

彼のその後の消息を私はまったく知らない。願わくば彼の刑期が短縮され、いま現在、りっぱに生存していることを希望するや切なるものがある。

蠢動する不平組

暑く、単調な毎日の連続であった。待てどくらせど帰還船のニュースはきたらず、PWたちにもようやく焦りの色が見えてきた。米軍としても、日本からの配船がない以上、どうしようもないことであったのだろうけれども、そういった実情が知らされていないので、クリアになったといっても、また「四コン」に逆もどりということになるのではないだろうかと、みんなの心情には複雑きわまりないものがあった。

中隊本部には毎日、二人の米兵（GIと呼んでいた）が監督にきていたが、私はその一人のサージャントと仲よくなり、毎日のようによもやま話をしたものであった。三十歳すぎのこの男は本国では商売人であったらしく、じつに常識のある男で、私はいろいろと彼からアメリカの話を聞いたものであった。

その男が、私から将校中隊のイライラを聞いて、上司に報告したらしく、ある日のこと、収容所長（「二コン」の米軍側の所長）の大尉が私のところにきて、私の口から実情を聞いて帰った。

そしてつぎの日、次席の背のひくい米軍中尉が、三冊よりなる英語の本と三省堂の辞書を持参し、将校中隊で希望者があれば、希望者全員にこの本と辞書をやるから、アメリカの歴史を学習してみないか、との申し出があった。

さっそく希望者をつのったら、二百名以上の応募者があり、このむねを中尉につたえたところ、驚いたことに約束どおり、上、中、下とある部厚い『アメリカン・ヒストリー』を、これまた写真版の三省堂の英和辞典とともに、全員に支給されたのであった。

そこで私は、これらの人びとをおよそ三十名くらいのグループにわけ、毎晩の夕食後、本部前で輪読式で研究した。先生には大学の助教授とか、講師クラスの人がいたので、その人たちにやってもらった。

この研究会グループにも米軍から達しがあったのか、特配があり、研究生たちは毎日、本と食器を手にしてよろこんで参加したものであった。

このグループのように、みずからもとめて毎日をすこしでも有意義にすごそうとする人びとは、私としてもどちらかといえば御しやすかった。しかし、一日中なにもしないで、ただ帰国のことだけを思っている人たちは、やりにくかった。

われわれ中隊幹部の者は、これらの人たちを〝不平組〟と呼んでいたが、だいたい三十五歳以上の人びとで、軍医を中心としたグループであった。かつて中隊幹部が特配をうけていると騒いだのも彼らなら、小夜食の現場をみつけるため、消灯後に天幕に入ってきたのも彼らであった。

彼らの中心人物は小柄な男で、その男の私を見る目には、あきらかにドクがあった。いつもなにか思いつめたような目つきをしており、狂人一歩手前といった妖気すらも、彼の身辺にはただよっていた。

彼らのグループは、不平のうさを晴らすには、まず中隊の現体制を崩壊させることが、一番てっとりばやい方法だ、と考えていたようであった。このため彼らはまず、「中隊長横暴」「中隊ダラ幹の更迭」を叫びだした。

「中隊長横暴」の印象というか、そういわしめる口実を私があたえたのも事実であり、それはつぎのような理由によるものであった。

それは若い、まだ少年の域を出ないような見習士官が、サプライオフィス（物品補給所）に潜入して盗みを行なったことに起因していた。その発見者が米軍のGIであったのは不幸中の幸いで、もし他の者、たとえば当キャンプの警戒に任じているSP（スペシャルポリス＝当キャンプ独自の、日本人間にのみ通用するMPまがいの服装をした私設自警団のことで、適当なポジションのない顔役が、その任についていた）にでも捕まろうものなら、どんな仕打ちをうけていたか、思えば背すじが冷たくなるような出来事であった。

そのGIは見習士官を私のところへ連行して、厳重な処罰を要求した。そして、その処罰が的確でない場合は、犯人をモンキーハウスに入れるというのである。モンキーハウスというのは一種のオリで、全大隊の者が見える場所においてあり、犯人はその中に入れられ、モンキーさながらに恥をさらすことになる。

私は将校全員を集めて、この見習士官の犯罪の事実を話し、みんなの目の前でこの見習士官を殴った。

彼は大声で泣きさけんだ。一発なぐっては、私はGIの顔を見た。GIは納得しない。また殴る。それでもまだ不満のようである。こんなことをくり返すうちに私はもう、なかばやけくそ的に連打した。

若い見習士官はもはや、死んだように倒れこんで起き上がれなくなっていた。これを見てGIはやっと帰っていった。

私にしてみれば、鉄拳により将校中隊の恥を、兵隊中隊から守ったつもりであった。しかし不平組には、私はヤクザの一味であり、この制裁方法もヤクザの手口とうつったのであろう。

ちなみに、この話は戦後、『小説公園』という月刊雑誌に、当時の将校の一人が小説として発表していたが、文中、私のことを『生意気な、士官学校出の若い少佐』と評していた。

だが、私にいわせれば、あのとき、あの見習士官を殴りたおす以外に、事件の解決法はなかったのである。まったく〝親の心子知らず〟だといまでも思っている。

またそのとき、私自身つくづくと、将校、将校というけれど、その質もここまで落ちたのかと憂鬱になったものであった。

非常識きわまる要求

そして、ついに決定的な日がきた。ある日、不平組を中心とする二十名の将校の代表が、私に正式に面会をもとめてきたのである。彼らは将校の総意を代表してきたとして、私につぎのことを収容所長につたえ、かつ要求することをもとめたのである。

「祖国日本はいまや敗戦にともない、未曾有の危機に立っていると思惟される。このときにおいて、祖国日本の再建にもっとも必要なのは人材である。有能な人材なくして祖国の復興はのぞみえない。

われわれ将校はまさにその人材である。いま祖国のもとめている人そのものである。将校は兵隊より優秀である。したがって、今後の帰還輸送計画にあたっては、最優先的にわれわれ将校を充当してほしい」

私にいわせれば、これまた無茶な要求であり、とくにタブーでもある兵隊との差別を主張していることに反感をおぼえた。しかし将校の総意である以上、その長である私が、これを頭から否定することもできない。

収容所長に直接、面接することはむずかしいことではない。しかし、こんなムシのいい話だけで会うことにはためらいを感じた。

とくに、この動きが兵隊の中隊にばれたときのことを思うと、よほど慎重にコトをはこばなければならない。その及ぼすところの大なるものが恐ろしかった。

私は大隊長にまずこの話をしようと決心した。しかし、その前に大隊長の唯一の相談相手である日下部通訳に話して、いちおう彼の意見を聞いてみることにした。

日下部通訳はアメリカの大学を出ている大蔵省専売局の役人であり、インテリとあまり縁のない大隊本部や兵隊中隊のなかでは、いちばん話しやすい人でもあった。私の話を聞いたあと、彼はこういった。

「中隊長、バカな話はよしなさい。この話は私だけの胸におさめておくから、絶対に外部にもらしてはいけません。一体、将校とは何なのです。兵隊はこんな無能な将校がいたから、この戦争は敗けたんだと思っているんですよ。将校優先など彼らが聞いたら、中隊長、あなたは五体満足では内地の土は踏めませんよ」

私は恐れを新たにして中隊に帰った。いぜんとしてそこに陣どって私の帰りをまっていた中隊代表の面々が、鬼の集団のように私には思えた。

「中隊長、逃げて帰ってきたのか。それでも中隊長か！」

と、彼らは口ぐちに面罵した。

彼らは知らないのだ。ヤクザの世界の実態を知らないのだ。しかし、私が将校中隊の代表者なら、総意という彼らの要求をしりぞけることはできない立場でもあるのだ。

私はハラをきめて、つぎの日に大隊長に会い、コトの次第を報告した。大隊長は怒りとともに苦悩の表情をうかべた。そして私をその場に残し、すぐに副官と日下部通訳をよんでコトの次第を話して、彼らの意見を聞いた。

副官は激怒した。しかし、日下部通訳は冷静にこの要求にたいし、大隊本部としていかに対処すべきかを決定することの必要を、大隊長に進言した。

大隊本部としては、この将校グループの要求をそれが正式なものだけに、収容所長に伝達すべき義務があると考えたようだ。しかし、伝達後、この話が兵隊中隊にばれたとしたらどうなるか、どうにか平和をたもっている第二キャンプがたちまち、一大修羅場に化することは明白であった。

大隊長はさっそく各中隊長を集めた。将校たちのあまりの非常識さに、怒りを通りこした思いの各中隊長は、いったい将校のどこが兵隊より優秀で、祖国再建のため兵に優先して帰国すべきなのか、その点を将校代表の面々に大隊本部で直接説明してもらったうえ、態度を決定するということになった。

戦犯への恐怖から解放され将校中隊の中隊長となった著者(写真)は、難問に悩まされた。

私は彼らの話を聞いているうちに、話がだんだんエキサイトしてくるのが恐ろしかった。

事態はまちがいなく最悪の状態に近づきつつあった。将校の不平組を中心とした代表者たちが、各中隊長の質問に満足に返答できないばかりか、その一言一句が火に油をそそぐ結果になりかねないことを私は知っていた。

彼らは青白いインテリ、しかも妻子もちの人たちばかりで、私というクダを通してのみ強がりのいえる人びとで、暴力をバックにする連中になど会えるはずもないのである。

私はここで、悲壮な役柄を演じる決心をした。彼らも将校なら私も将校である。事態はもう避けられないところまできてしまったのだ。私がみんなの犠牲になろう。すべては私がやったことにしてあやまり、許しを乞うてこの場をまとめようと決心した。

しかし、そうなると、指の一本や二本をつめることぐらいではすまないかも知れない。事情を知らない一般の兵たちは、私になにをするかわからないのだ。某師団の参謀が、内地に向かう帰還船の上からバシー海峡にたたき込まれた話は、私も聞いていた。

とにかく、コトを大きくしてはいけないのだ。この場だけの話でおさめなければならない。思えばバカなことをしたものだ。コトの成り行きははじめからわかっていたものを、私はなぜ引き受けたのだろう。しかし、万事はもう遅すぎた。

「すべては私の責任です。いかなるおとがめでも受けますから、みなさん、どうかすべてを水に流してください」

私はこういってみんなの許しを乞うべく、意を決して立ち上がったとき、そこへ突然、竹中中佐が入ってきた。

竹中英雄中佐は陸士四十一期生で、私より十一期も先輩の盟兵団の参謀であり、それこそ硝煙のなかからぬけ出てきたような人であった。あの強力なマッカーサー軍がリンガエン湾に殺到したとき、その正面に陣どって抗戦した戦闘旅団唯一の参謀であった。

かつて私の部下の若い将校を発狂寸前までに追いやった、あの猛砲撃にたえぬいたばかりか、反撃の斬り込みに参加した主力は彼の兵団であり、数すくない感状の栄誉にかがやいた兵団でもあった。

ヤクザは強い者には敬意を表するという特徴をもっている。その意味において竹中氏は、兵たちの間でも神格化されていた。その竹中中佐が、後輩の身を案じて顔を出してくれたのである。私が将校中隊の親分なら、竹中氏は大親分であった。

その竹中氏は、大隊長、また各中隊長に会い、私のやったことの非をすなおにみとめ、将校を代表して謝罪されたのである。やはり最後はカオとカオが事件を解決したのであった。

去る者と残る者と

つぎの日の朝、私は将校全員を集め、かんたんにコトの経過を説明したのち、その後を竹中氏にまかせて中隊長の任を辞したのであった。五月中旬のことであった。

ところが、皮肉なことに、中隊長をやめた私のおちつき先は、不平組の幕舎であった。この幕舎にしかスペースがなかったのである。私が入幕して一同に挨拶をしたとき、そのうちの一人が、

「卑怯者が帰ってきたぞ！」

とさけんだが、その場をなだめるように長崎出身の福田軍医中尉が立って、

「諸君、つまらぬことをいうな。われわれは山中少佐をあたたかく迎えようではないか。彼

はベストをつくしたんだから……」

と呼びかけてくれた。その反響はすぐにあった。不穏な空気はやがて全員の拍手と変わり、私はようやく疲れきった身体を横たえる場所をえたのであった。思えばこの二日間は私にとって、まったく地獄の苦しみであった。

私はよほど疲れはてていたのか、つぎの日からマラリアが再発し、四十度をこす高熱に悩まされ、約二週間をベッドの上ですごした。その間、これまでの不平組がみんなして私をあたたかく看病してくれたのには、ありがたくもありまた、妙な気分でもあった。

そうこうするうち、病もいえたある日の午後、「帰還船マニラ入港」の報が、本部より正式に発表され、将校キャンプは万歳、万歳の声でわきにわいた。

そして二日後、われわれはまたも長い列をつくって、第一キャンプに隣接していた帰還者用待機キャンプに移動したのであった。

このキャンプと、戦犯キャンプである第一キャンプとは、皮肉なことに簡単なフェンスを境としておたがいに丸見えであった。一方には生還のよろこびが横溢しており、他の一方には絶望があるのみだった。

その日の午後三時ごろであったろうか、トイレに立った私は、三十人ばかりの戦犯者がGIの監視のもとで、散歩をはじめたのを目撃した。禁止されてはいたが、私はフェンスまで近寄って彼らを見つめた。そして、そのなかに中村憲兵大尉の姿を発見したのである。

彼はかつてアパリ地区の憲兵分隊長をしており、私もアパリ駐在中はなにかと世話になった人であった。アパリ付近は、住民が終戦ちかくまで軍隊と接触のあった地域であり、そのため住民とのトラブル多発地域でもあった。しかし、トラブルの片方の当時者である日本軍の正体がつかめないので、結局、中村大尉ひとりがその責任のすべてをかぶって罪人になったようである。

「中村大尉！」

と、私は叫んだ。戦犯キャンプへの呼びかけは厳に禁止されてはいたが、私はこの禁をやぶっても呼びかけずにはおれない心境であった。

私の声がとどいたのか、彼は一瞬、歩をとめて私の方を見た。そのとき彼が私を『山中』と識別しえたかどうかはべつとして、彼はその右手をわずかに上げてこたえたのち、その顔を何度もなんどもはげしく上下に動かしたのであった。それは、

「山中さん、帰国できることになりよかったですね。あとのことは私にまかせて下さい。元気で帰国して日本再建に努力して下さい……」

といっているようであった。私はあふれでる涙をとめるすべを知らなかった。彼はそれからほどなく、アパリ地区犯罪の総責任者として絞首刑となり、新妻のまっている内地には、ついに帰ってくることはなかった。

つぎの日の午後、われわれはトラックでカンルーバン捕虜収容所をあとにした。マニラ市内にいたる沿道にはファイアツリー（火炎樹）が赤く咲きみだれ、われわれを見送ってくれた。久しぶりに、

「バカヤロー」「ドロボー」

というフィリピン人の罵声も聞いたが、内地に思いをはせて胸が一杯のわれわれには、それさえも一種の送別の声に感じられた。

帰還船が出航の汽笛をかきならしたとき、全船より、期せずして、

〽去らばマニラよ、もうくるものか――との歌声がわき上がり、われわれはまさに思い出多きマニラを、フィリピンをあとにしたのである。

六月終わりのこの日、マニラの陽ざしはあくまで強く、湾内をうめつくした日本沈船をめぐる海の色は、これまたあくまでも青かった。

第三部　マニラ燃ゆ

一　渦まく陸軍と海軍の思惑

脆くもくずれた前哨部隊

昭和二十年一月九日の夜、私はマニラを脱して北部ルソンに向かったので、その後のマニラの状況についてはわからなかった。しかし、一月の末ごろになって、前にも述べたとおり、後続部隊がエチアゲに追及してきて、マニラの近況を知ることができた。

マニラはわれわれが去って以来、空襲は全然なく、まったくの平和郷であることを知って驚くとともに、残した人びとが安全であることがわかって、一安心したものである。

しかし、これは嵐の前の静けさであり、戦後になって読んだ記録や、多く会ったフィリピン人の話により、二月に入って一ヵ月ほど、想像もつかない戦闘がそこで起こったことを知った。

哀しい最期をとげたであろう知人の冥福を祈るよすがにもと、つぎにマニラ攻防戦の実相について記しておきたい。

――マニラの攻防戦は、昭和二十年二月三日、米軍戦車部隊とわが第九航空情報隊の五台編成のトラック群との、カロカンロータリーにおける不期遭遇戦にはじまり、同月二十八日、米軍によるマニラ攻略戦勝利の宣言により終わったことになっている。

しかし、実際にマニラ攻防戦が終了したのは二月二十六日で、この日、マニラ海軍防衛司令官の岩淵三次少将は自決し、それに相ついでマニラ残留部隊将兵のほとんどがマニラ脱出を強行し、全滅しているからである。

ことには順序があるように、米軍もいきなりマニラに突入したのではない。米軍のクラーク地区よりの進入にそなえて、アンガット河畔に配備していた日本軍守備大隊を突破しなければ、米軍はマニラに突入することができなかった。すなわちマニラ攻防戦は、二月一日と二日にわたるアンガット河の渡河作戦で、その幕は切って落とされたとみるべきである。

米軍はこのアンガット河の線に進出するまでに、三週間の時日をかけている。一月八日、リンガエン湾に上陸していらい、クラーク地区の日本軍の掃討にその時間を要したのである。当時、クラーク地区には、四万とも五万ともいわれる日本軍がおり、米軍はマニラに通ずる国道三号線（マニラ～クラーク～バギオを結ぶ）を確保するのに、すくなくとも一ヵ月は必要と考えていた。

ところが、いったん攻撃をしてみると、クラーク地区の日本軍は戦闘部隊ではないことがわかったのである。

事実、五万のクラーク地区日本軍で、戦闘部隊といってよい部隊は、戦車部隊の一部と、高千穂部隊（落下傘部隊）の一部、合計して二千名たらずで、他はすべて非戦闘員のみという軍勢であった。

三年前、日本軍がルソン島に進入したとき、日本軍はこの米軍とまったく同じパターンで、マニラに進攻したのであったが、そのとき日本軍は米比軍の強い抵抗にもかかわらず、二週間をへずしてマニラに入っている。

私はいつも感心するのだが、米軍はどんな作戦の場合でも、つねに安全を期して、けっして無理をしないことである。このクラーク地区の攻撃にしても、約三週間（国道三号線の確保のみで）かけているが、日本軍であれば一週間もかけなかったと思われる。極言すれば、三号線を通過するだけでよかったのである。

米軍は一歩、一歩、慎重に歩をすすめ、一月の終わり、沿道を埋めつくしたフィリピン人の歓呼の中に、アンガット河の線に到着したのであった。

アンガット河からマニラはもう指呼の間にある。フィリピンゲリラの通報によれば、アンガット河よりマニラにいたる間には、日本軍はアンガット河要点（渡河点）に位置するのみで、その総数千名以下であり、ゲリラ部隊だけでこの日本軍の撃破は可能とのことであった。

このアンガット河の守備隊は、宇野寛大尉を長とする四コ中隊よりなるもので、第一中隊ブラリデル、第二中隊マロロス、第三中隊ノバリチェス、第四中隊はメイカウアヤンに本部をおいていたが、いわゆる寄せ集めの雑軍で、大隊長の宇野大尉は陸士五十五期生、二十三歳前後であり、とても大隊の指揮をとれる戦闘経験はなかった。

この大隊は、イポの河島兵団より派遣されており、マニラ海軍防衛隊（マ海防）との直接の連絡はなく、その与えられていた任務は、つぎのようなものだった。

一、国道五号線の確保（五号線というのは、マニラより北上、カバナツアン、サンホセ経由、北部ルソンのアパリまでの国道をいうもので、三号線が米軍に占領されたあとは、ルソン島における日本軍唯一の交通路であった）

二、敵のアンガット河の渡河を妨害し、敵が近接すれば各橋梁を爆破する

したがって、米軍がいっきょに渡河して南進するという事態は、考えられないことであった。

しかし、この宇野大隊よりの敵近接の報は、マ海防には全然つたわっておらず、米軍は、マニラに奇襲的に進入したのであった。

まったく頼りがいのない前哨部隊の実体ではあるが、一般住民と区別のつかないシビリアン姿のゲリラに奇襲されたのでは、どうにもならなかったのであろう。

宇野大隊の将兵たちは、短時間のうちに甚大な損害をうけ、任務である橋梁を爆破することもかなわず、後方にひいた。ひく以外方法がなかったのである。本隊である河島兵団にひいた宇野大隊の将兵は、この地で最大級の罵言と叱責をうけ、陣地内に入れてもらえず、追い帰されたと記録されている。

帰るところのない部隊は哀れである。彼らは敵と味方の中間地点で、右往左往せざるを得

なかったのである。

収容所へ急行した米軍

先に記した第九航空情報隊の金井少尉が指揮する五台のトラックは、この日（二月三日）タフトアベニュー（大東亜通り）の宿舎を午前中に出発し、中国人墓地で日の暮れるのを待った。この中国人墓地の付近には、マ海防の警備中隊が駐在しており、マニラ防備の第一線でもあった。

金井少尉は日の暮れたのを確認して、トラックを前進させた。当時、不思議にも米軍はマニラ市街の爆撃をやらなかったから、この地までの自動車行軍は上空の警戒は不必要であったが、ここより一キロ前方のカロカンのロータリー以北は、いつ米軍の飛行機による攻撃があるかわからないため、車両の間隔を百メートルとして前進をはじめた。

カロカンのロータリーを先頭車が通過し、右折したとたんに、まったく不意に射撃音が四周に鳴りひびいた。敵戦車の出現であった。

金井少尉は、四両目の車に乗っていたので、あわててUターンしてフルスピードで、いま来た道を引き返し、まっすぐに車をサンターナに向けた。かねて不測の事態が起こったら、マニラ東端のサンターナ地区にある兄弟部隊の第十航空情報連隊にいくよう、つねづね部隊長の花房金丸少佐にいわれていたのである。

先頭車から三番目に乗っていた兵たちも、その夜遅くサンターナに帰ってきた。聞けば、敵戦車の射撃と同時に、付近の民家に逃げ込んだそうで、敵戦車は大通りを堂々と、多くのトラックに乗り込んだ米比軍とともに行進していったという。

その時点（二月三日の夕方）、マニラ市の日本軍の配備は、パシッグ河以北の地にはマ海防に属する二コ中隊と、海軍のみの編成である西山大隊が位置していた。二コ中隊のうち最北端は中国人墓地に位置し、他はパシッグ河に面したケソン橋のたもとのグレートイースタンホテルに、西山大隊はマニラ市とケソン市の中間地帯にあるサンファンデルモンテに位置していたのであった。

米軍戦車部隊は、カロカンよりサントトーマス大学コンパンドにある米人捕虜収容所（シビリアンのみ収容されていた）まで、それこそ直線的に急行した。途中、中国人墓地の日本軍守備隊一コ中隊の妨害があったはずなのだが、そのスピードをほとんど落としていない。沿道はフィリピン人の人垣と、Vサインで身動きもならない騒ぎで、カロカンよりサントトーマス大学まで一気に突き進んだ米軍が、大学の構内に入ったのは、カロカンより車行一時間後であった。

三年もの間、ここサントトーマスの収容所で、まったくの自由なき捕虜生活を強いられていたアメリカ人たちは、突如として現われた若々しい米軍兵士を見て、夢かとばかりに驚き、また嬉しさに声がなかった。

サントトーマス大学の捕虜収容所については、戦後あまり語られていない。それは、ここの管理が特別に非道なものではなかったからでもあろうか。といっても、けっして優遇した

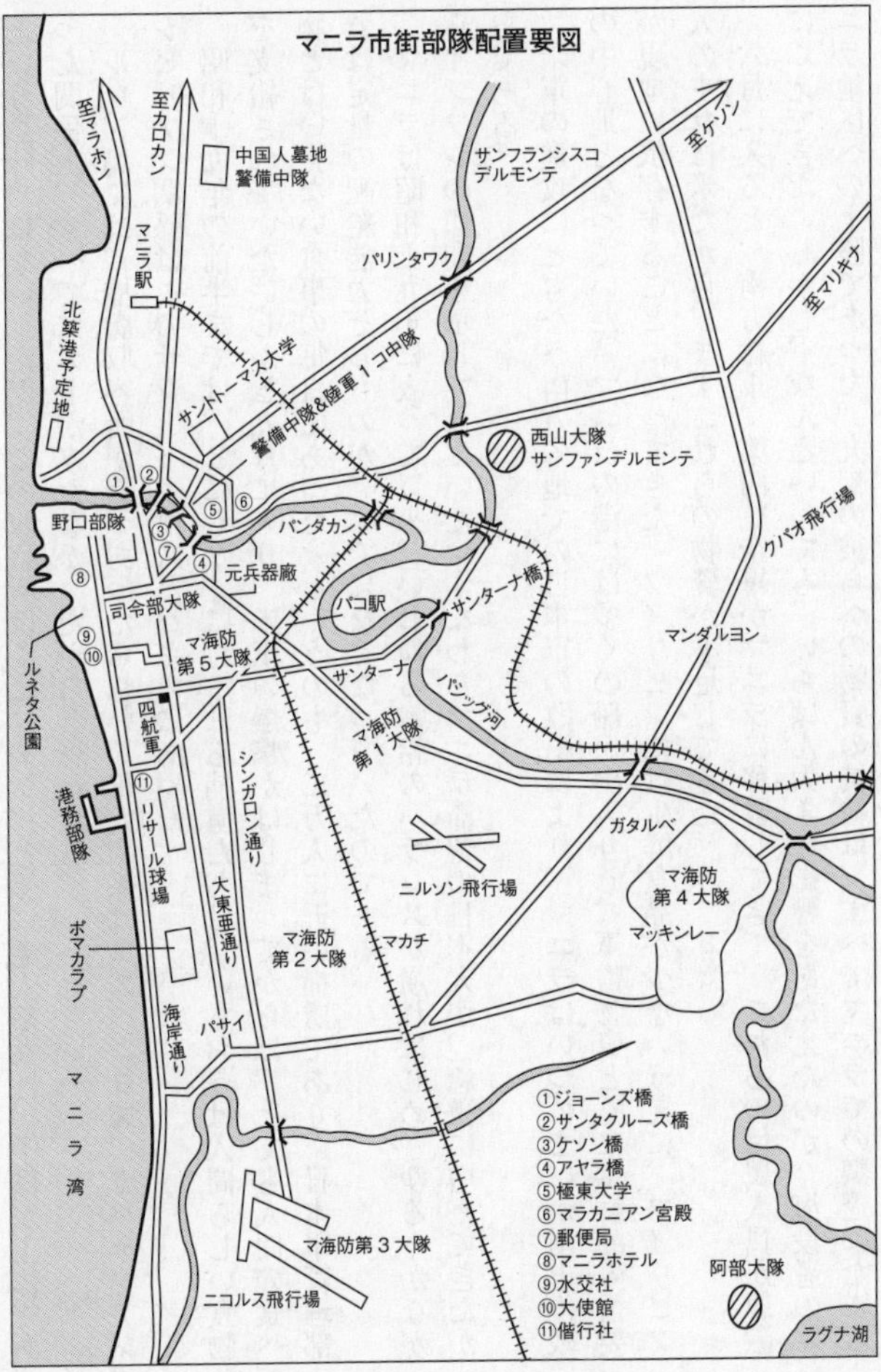
マニラ市街部隊配置要図
至マラホン
至カロカン
中国人墓地
警備中隊
マニラ駅
北築港予定地
サントーマス大学
警備中隊&陸軍１コ中隊
サンフランシスコ
デルモンテ
至ケソン
パリンタワク
至マリキナ
西山大隊
サンファンデルモンテ
クバオ飛行場
パンダカン
元兵器廠
野口部隊
司令部大隊
パコ駅
サンターナ橋
マンダルヨン
マ海防
第５大隊
サンターナ
パシッグ河
ルネタ公園
四航軍
マ海防
第１大隊
港務部隊
リサール球場
シンガロン通り
ガタルベ
ニルソン飛行場
マ海防
第４大隊
マッキンレー
大東亜通り
ポマカラブ
マ海防
第２大隊
マカチ
海岸通り
パサイ
マニラ湾
①ジョーンズ橋
②サンタクルーズ橋
③ケソン橋
④アヤラ橋
⑤極東大学
⑥マラカニアン宮殿
⑦郵便局
⑧マニラホテル
⑨水交社
⑩大使館
⑪偕行社
マ海防第３大隊
ニコルス飛行場
阿部大隊
ラグナ湖

という意味ではない。ただ、この収容所はシビリアン、とくに老人や女性、子供が主体であった関係上、すべてにカドが立たなかったからと思われる。

ルソン島には、捕虜収容所が四つあったらしい。軍人関係はロスパニヨス、カバナツアン、シビリアン関係はこのサントトーマスとバギオにあった。

昭和十九年の前半までは、とにもかくにもこれら捕虜たちは、いちおうは人間らしい食物を支給されていた。しかし九月に入り、米軍の爆撃がはじまってからは、とても人間の食べ物とはいえない食事の毎日であった。というのも、二万人に近い捕虜であり、日本軍管理部では定量の配給能力そのものが、すでになくなっていたのである。

マニラは昭和十九年に入って以来、いわゆる需給のバランスが崩れはじめ、ゆるやかながらインフレの傾向を示してきていた。すなわちマニラ滞留の日本人が、急激に増えてきたからである。

米軍の進攻にともなう南方各地での日本軍の敗退により、マニラはいつのまにか南方作戦の中心地となっていた。マニラの港には多くの船が出入りし、軍需物資とくに生鮮品の需要が現地に依存することになってきた。フィリピンには生鮮食品が少ないうえに、フィリピン人の主食は米だから、まずこれらの物資が不足してきた。

六月に入ると、南方総軍、第四航空軍がマニラに移駐してきて、これらの付属人員が急激にふえてきた。しかし、なんといっても、いちばん大きな影響をあたえたのが、海没者のマニラ地区への上陸であった。丸裸の彼らへの物資の補給は、すべてマニラでの調達にたよる

サントトーマス収容所の一光景。ここは大学の構内に設けられたシビリアンのみの収容所であった。米軍が進攻したとき、日本の警備隊は折衝により、米軍に護衛されて安全地帯に撤退した。

以外、方法はなかった。

さらに、これに追い討ちをかけたのが、米軍の爆撃開始にともなうフィリピン人の心の動揺であった。

物価はいわゆるウナギのぼりに上がって、昭和十九年一月、一杯のコーヒーが五十センタボだったものが、九月に入ると六十ペソ（百センタボが一ペソ）という、まさに超インフレとなったのである。それのみならず、必需物資のフィリピン人にたいする割当制度が確立されていなかったので、これら必要生活物資は、もはや金では入手できなくなってきたのである。

私は昭和十九年の六月、マニラに入り、この時期のマニラの生活を実際に体験しているのであるが、われわれ日本人といえども、けっして例外ではなく、毎日の食事はけっして恵まれたものではなかった。たとえば、昼食は司令部の情報室でとることが多かったが、出されるのは芋ばかりだった。

したがって、一般フィリピン人の日常生活は話にならない実情であり、アメリカ人の捕虜たちに満足な食事をあたえるのは、かなりむずかしかったのである。

米軍がサントトーマス大学の構内に入ってきたとき、彼らの手渡すレーションを貪り食うとともに米兵の発する若々しい匂いに陶酔した——と、とらわれていたある婦人は、インタビューの記者に語ったと言われている。

サントトーマス大学は広い敷地の中にあり、日本の警備隊はそのとき、林寿一郎中佐を長とするわずか五十名ほどであったが、米軍の進入と同時に捕虜八百名を人質として、本部の建物にたてこもった。

勢いこんで乗り込んできた米軍も、人質を殺すわけにはいかないので、この本部前で日米にらみ合いのかたちとなり、やむなく米軍は日本軍に捕虜の受け渡しのため、折衝に入らざるを得なかった。

折衝は深夜までおよんだが、結局、米軍は日本の条件をのみ、ここに前代未聞の攻撃軍が守備軍を軍装のまま護衛して、安全地帯まで送るということになったのである。

米軍の市中行進をVサインをかかげて迎えるフィリピン人たちは、米兵の後から憎い日本兵が胸をはってつづいているのをみて、一体どうなっているのかといぶかった。

ユーモアなど、なにひとつなかったマニラ攻防戦で、この日米混合の市中行進は、特筆すべき事件であった。

わが懐かしの部隊も退去

この珍しい行進のおこなわれているころ、マニラ東部の安全地帯として残されていたサンターナよりパランヤケに通ずる橋の上は、多くの在留マニラ部隊の将兵が、東方山地へ向かって撤退をつづけていた。

金井少尉の報をうけた村上部隊（第十航空情報連隊）もその最たるものだった。この部隊は、後でくわしく記すが、昭和十九年十月から北部ルソンに脱出するまで私が属していたところで、総数二千名におよんだ。部隊で私は、部隊付高級将校（作戦主任）——いわば部隊のナンバー・ツーとして勤務していたのである。

この部隊も、思いをマニラに残して、パシッグ河を渡っていったのである。

村上実中佐は金井少尉の報をうけたとき、宿舎であったホセ・メレンショー家の家族とともに、食事の最中だったが、ちょっと会食を中止して別室にさがり、やがて食堂に現われたときは、べつに動揺の色もなく、ただ、すこしかたちをあらためた後、

「メレンショー家のみなさん、ただいまマッカーサー軍がマニラに進入した模様です。私たちは今夜中にこの地を去り、山に入ります。どうも長いあいだのご友誼を感謝します。一つだけお願いがありますが、貴家のワゴン車を二日間だけ借用させて下さい」

といって、各人に握手を求めてまわったという。

この話は、戦後、はからずも私と再会したメレンショー夫人カルメンより、私が直接聞い

たことである。

カルメン夫人はそのとき私に、あのとき村上部隊に貸したワゴン車は、とうとう返してもらえなかったから、当時、村上部隊のナンバー・ツーであった私に、それを返す義務があるといって、冗談ではあろうが私を当惑させたのであった。

ちなみに、このカルメン夫人は、スペインの圧政に抗したかの有名なアギナルド将軍の娘であり、わずか一ヵ月ではあったが、私がすこし英語ができたこともあって、サンターナの彼女の家で毎日、顔を合わせていろいろ語り合った思い出がある。

ともあれ、その二月三日の夜、メレンショー一家の見送りをうけ、村上部隊はマニラを去った。パシッグ河に沿ったメレンショー家より見ていると、村上部隊以外にも驚くほど多くの日本軍が、東方山地に向かっていったという。

思うに、その時点、マニラにはいわゆるマ海防に属さない多くの部隊が、マニラに留守部隊を残置していた模様で、これらの部隊が急を聞いて、マニラを退出したのであった。

米軍はさらに、この夜のうちにマラカニアン宮殿をも占領した。この宮殿の占領は、全フィリピンの政治中枢を占領したことを意味するものであった。

マ海防をめぐる複雑な事情

さて、マニラ防衛の総本山であるマニラ海軍防衛司令部が、米軍マニラ進入の報を入手したのは、いつであったか。

想像するに、だいぶ時間がたって入手したものと思われる。しかも、入手したとき、関係者のすべてが驚いたということだ。

米軍の来攻必至と準備し、待ちかまえていたはずのマ海防が驚いたというところに、当時の警備の体制がかたちだけはできていても、なんら実戦に即していなかったということを証明している。

最初に米軍にぶつかった金井少尉は、おそらくサンターナまでの途中で、中国人墓地にいた警備中隊には通報したと思われる。だが、この中隊のマ海防への連絡は、電話線が切断されていたので、急使をパシッグ河のケソン橋にある警備中隊に派し、報告したのが第一報と思われる。時間的には午後六時半から七時の間である。

戦後、カンルーバンの捕虜収容所で、当時のマ海防の陸軍参謀であった橋本洋中佐から私が直接に聞いた回顧談によれば、彼はその夕方、フィリピン要人の家でおこなわれたパーティーに出席していた。フィリピン美人とダンスに興じていたところに、この報を得、あわてて本部に帰ったということだった。

米軍マニラ進入の報にもとづき、マ海防から臨戦命令が出されたのは午後七時ごろであり、パシッグ河をはさんでマ海防の防戦体制は、つぎのようであった。

米軍にたいしパシッグ河を前面にして左地区は、陸軍野口部隊の担任であり、ケソン橋より海岸にいたる地区に約三コ大隊、ケソン橋より右側には海軍第五大隊（パコステーションが本部）の布陣であった。

当時、パシッグ河には五つの橋があった。マニラ湾を後にして、左よりジョーンズ橋、サンタクルーズ橋、ケソン橋、アヤラ（アナタハン）橋、さらに上記したサンターナ橋であり、当初の戦場に面していた橋は、サンターナ橋をのぞく四つの橋だった。これら四つの橋には完全な爆破装置がしかけてあり、緊急命令が発令された後は、原則としてケソン橋以外は歩行を禁止された。

マ海防はこの夜、かねての計画どおり、数組の肉攻斬り込み隊をこれらの橋を渡って中国人街まで派遣したが、日本軍の行動はすべてゲリラ部隊の事前通報により、成功することなく撃退された。

明けて二月四日、いよいよ日米決戦の時はきたのである。

この時期、パシッグ河以北の地に残留していた日本軍は、ケソン橋のたもとのグレートイースタンホテルを本部とする陸軍一コ中隊（藤井中隊長）と、マニラ旧市街とケソン市との中間に孤島のごとく孤立していた海軍西山大隊の二つだけであった。他の部隊は、すべてパシッグ河をへだてた地区に集結していたのである。

ここでマ海防の性格、編成、およびその任務について述べておきたい（二月三日現在）。

司令官　岩淵三次海軍少将

第一～第五大隊（海軍）

西山大隊（海軍）

野口部隊（陸軍）三コ大隊

阿部大隊（ハゴノイに位置す）

川越第三海上挺進隊（マニラ湾北西部）

任務は、マニラ市を固守し、マッキンレーを中心として、サンファンデルモンテの海軍陣地と連係しつつ、来攻する米軍を撃滅することであった。

マ海防とはマニラ海軍防衛隊の略称であり、母隊である第三十一特別根拠地隊が発展したものである。最初は三十一特根とニコラス飛行場にあった海軍航空部隊（防空隊を主とする）の合体したものであったが、キャビテ軍港の要員や、海没者を収容しているうちに、約三万名にふくれ上がったものである。

陸軍の野口部隊は小林兵団の一部隊であり、本来マニラの防衛はこの野口部隊の任務だったが、海軍が強力な編成となり、二月三日、米軍のマニラ進入とともに、マ海防の一部となったものである。

この陸軍部隊が海軍の指揮下に入ることについては、小林兵団すなわち陸軍部隊より、強い反対意見があった。陸軍は海軍の下に、また海軍は陸軍の下につくのを好まなかったのである。

マ海防にしても、振武集団はこれを岩淵集団として、直接、振武の指揮下におこうと考え、これをマ海防に申し入れたが、マ海防はこれにたいする返事を留保した。マ海防はあくまで海軍独自の戦闘を企図したのである。

敵のマニラ進攻を目前にして、この指揮権の確立ができていないことを憂慮した振武集団長の横山静雄中将は、一月二十日、山を降りてマニラにいき、つぎのようにマ海防の将来の戦闘方向を指導し打ち合わせたのである。

マ海防は敵がマニラに進入したら、マ海防の海軍部隊はもちろん、在マニラの野口部隊、ハゴノイ地区の阿部大隊をもあわせ指揮し、米軍を撃破するとともに、マニラ湾の海軍施設およびニコルス、ニルソン両飛行場を、敵が使用するのをできるだけ遅延させる。

さらに、戦闘が進捗したら、マ海防の本部をマッキンレーに移し、重点を前面のサンファンデルモンテ海軍陣地と連係し、この線で敵を防ぎながら兵力を逐次、後退させ、戦闘部隊はアンチポロの陣地にいたり、振武の左翼地区部隊にくわわる。一部はボソボソ、また東海岸インファンタ地区に転出し、敵のラモン湾上陸にそなえる。

以上のようなものだが、そのさい横山中将は岩淵少将にたいして、くれぐれもマニラを死守することなどしないように、強く指導した。

元来、振武はマ海防に大きな期待を持っていたとは思えない。振武としては、マ海防はマニラ守備隊としての海軍陸戦隊の歴史をけがさない程度の戦いをした後には、できるだけ早くマニラを去り、上記のように、当時もっとも配備の薄かったアンチポロの一翼をになってほしかったし、また海軍の戦闘能力そのものにも、多くを望むのは無理であることを、充分に承知してもいた。心の広い横山中将は、海軍を特別の眼で見ては絶対にいなかった。

問題は海軍側にあった。海軍はあくまで海軍だけで、その実力をもってマニラを死守し、米軍に一泡も二泡もふかしてやりたいと考えていた。

海軍のマニラ残留参謀（南西方面艦隊の参謀）たちは、かつての上海における海軍陸戦隊の栄光と、ロシアのスターリングラードにおける赫々たる市街戦のイメージが胸の中にあった。したがって、いわゆる強腰であり、広言をしつづけていた。マ海防はマニラを枕に玉砕すべきだと、固く決心をしてもいた。

一方、振武としては、米軍がマニラに進攻すれば、マ海防は二十日の打ち合わせどおり動くものと信じていた。しかし、残留参謀の広言のため、マ海防としてはみずからの意志で、マニラを去るには心中じくじたるものがあり、できないという意地があった。また、振武の参謀たちのあいだには、

「おもしろい、海軍さん、それほど自信があるのなら、一つお手前を拝見しようではないか」

という皮肉な見方があったことも事実だった。

そういった複雑な陸軍と海軍の上層部のおもわくの中に、マニラ攻防戦は逐次、発展していったのである。

西山大隊の壊滅

二月四日、米軍は攻撃の準備体制をにうつり、まず、パシッグ河の中洲であるマラカニアン前庭に兵をすすめ、ここをマニラ攻撃の砲兵基地ならびに渡河基地とした。

同時に多くのフィリピン人ゲリラ兵を、マッキンレー方面のガダルベ、パコ方面攻撃のた

めにはパンダカンに送り込み、きたるべき渡河攻撃の橋頭堡づくりに専念させた。

この日、マ海防はパシッグ河にかかるすべての橋を破壊し、陸軍重砲隊はマラカニアン、極東大学方面に射撃をくわえ、敵の渡河作戦への妨害を開始した。

二月五日、米軍はマニラ平野にただひとつ残っている、いわば目の上のこぶ的な存在であるサンファンデルモンテの海軍西山大隊への本格的な攻撃を開始した。

米軍は戦車六十両を中心とした米比混合の約一万の兵力、これにたいする日本軍は、西山勘六大尉を長とする海軍陸戦隊千二百名であった。

西山大隊はケソン市をバックとして、パシッグ河の支流を一種の抗戦線とみて布陣していた。その配備は少なくとも振武の作戦の一環として構成されたもので、一月二十日の振武とマ海防の打ち合わせにも、

「サンファンデルモンテ、マッキンレーの線において敵を撃破し」とあるとおり、全軍この防御戦闘には大きな期待をもっていた。

西山大隊本部のあったサンファンデルモンテは、前面がパシッグ河の支流に面している丘状のところで、平坦なマニラ平野の中では、ここ以外、防御可能な地点はないと思われるところだった。前面の河は支流とはいえ、河幅は三十メートル近くもあり、地上から河底までは十メートルで、攻撃至難の場所である。

西山大隊が正式にこの陣地にはいり、陣地の構築をはじめたのは一月十五日であり、豊富な構築材料をつかって、昼夜兼行で作業を急いだのだった。当時のマニラは乾季の最中で、

使用したセメントが乾燥するのに必要な三週間に、やっと間に合ったという状態でもあった。

大隊長の西山大尉は、海兵六十七期（陸士五十二期に相当）生で、陸戦専門の教育をうけていた。陸軍戸山学校にも学んだ海軍きっての陸戦の権威であった。

五日いっぱい猛砲爆撃により西山大隊の陣地構成を検討した米軍は、六日の朝から本格的な攻撃を開始した。

サンファンデルモンテ正面の渡河が不可能なことを知った米軍は西山陣地の右方、つまり北側のカロカン方面より渡河して、大隊本部を右から包囲するように攻撃してきた。

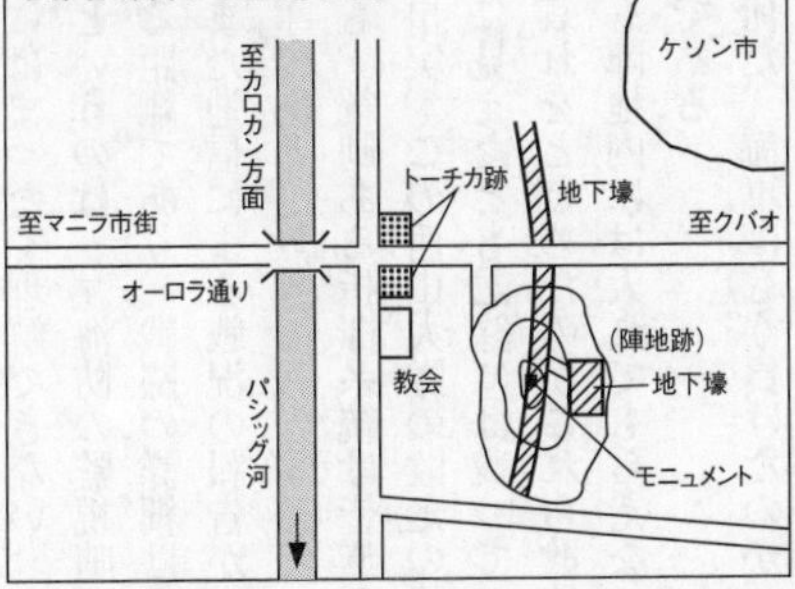

西山大隊陣地跡見取図

西山大隊の防御兵器は迫撃砲八門、高角砲若干となっているが、いっきょに攻めてくる十両のシャーマン戦車には、歯が立たなかった。それでも、砲と肉弾攻撃で二十両ちかい戦車を撃破したが、後はローラー作戦となってしまい、八割以上の西山大隊の将兵は、算を乱して後方に退却した。

七日の夜が明けたとき、残るはサンファンデルモンテ丘上の西山大隊本部の二百名にもたらない将兵だけとなり、陸海軍ともに期待した西山大隊は、二日ももたず壊滅した。

マ海防、振武両本部とも、退却してきた士官の報告ではじめてこの敗北を知り、驚愕したと戦史には記してあるが、私にはまったく理解できない。

というのは、マ海防の監視哨からも、また振武の出先部隊でも、西山大隊の戦闘は目視できる距離であり、戦闘の詳細は手にとるようにわかっていたはずである。

また通信による戦況の報告が、なにひとつなかったとも記してあるが、これまた不思議な記事である。無線で報告するという事態ではなかったのであり、マ海防にしても、振武にしても、統制ある指揮系統は皆無だったとしか思えないのである。

事実、この西山大隊の敗走の状況は、マニラからも、振武の出先部隊からも、手にとるように見えたとも記録には残っている。

哀れをとどめたのがこれら敗残将兵で、生命からがら陸軍陣地にたどりつくやいなや、一歩も陣地内には入れてもらえないのみならず、聞くに耐えない罵詈雑言をあびせかけられたのである。

「何だ、海軍はもう負けたのか。マニラの防衛はわれわれにまかせてくれと大口をたたいたのは、一体、どこの誰だったんだ」

陸軍にはねつけられた海軍西山大隊は、やむなく、マッキンレーのマ海防第四大隊にいき、悲憤の涙にくれたのであった。

振武集団はこの日、尚武集団司令部にあて、つぎの報告電報を打っている。

「海軍部隊にして命なく陣地を放棄して、東方山地に入りきたる者数千に達す、遺憾に堪えず」

海軍西山大隊の陣地跡にのこる地下壕。ゆるやかな丘陵地のこのあたりが、陣地の中心部であった。上方中央に、米比戦争のモニュメントが見えている。昭和61年、著者が訪れたさいの写真。

この振武集団本部の海軍にあたえた侮辱は、海軍すべての胸に残り、その後の作戦に大きな影響を残したのであった。

ところで、昭和六十一年三月、私は機会を得てこの西山大隊戦闘の地、サンファンデルモンテを訪れた。

ルネタ公園（マニラ市の中心地ともいえる場所で、有名なマニラホテルやインタムロス城壁などに囲まれている。リサールの像がある）を出発して、パシッグ河にかかるアヤラ橋を渡り、パンガサン通りを直進した後、ロータリーを右折すると、まっすぐにクバオに通ずる道がある。

この道はオーロラ通りといい、これを直進すること約六ないし七キロ、パシッグ河の支流にかかる橋を渡ると、そのすぐ右側の丘状の地が西山大隊本部のあったところである。

支流の河幅はおよそ三十メートルもあり、橋の上から河底までは意外に深く、十メートルは充分にある。この河を渡るには、橋がなくてはとうてい渡ることはできない地形である。橋の両側には頑丈なコンクリート製のトーチカがあり、大きな銃眼が残っている。対戦車砲陣地でもあったのだろう。

本部のあったと思われる地点は、ゆるやかな丘陵地帯であり、そのいちばん高いところからは、一望のもとにマニラのダウンタウンが見渡せる。その真ん中と思われるところには、大きなモニュメント（米比戦争戦いの跡）があり、そのあたり一帯にコンクリートで固められた地下道が縦横に通じている。その地下壕の上には、コンクリート製の建物があるが、いまは住民の家として使用されている。

西山大隊の敗走者の中に、西山勘六大尉のいないことからみて、西山大隊長はこの地で戦死したのであろう。

二　戦局を左右したゲリラ

ユサッフェの系譜

幾度かふれたように、フィリピンの戦闘で日本軍がいちばん困ったのは、ゲリラ部隊、とくにシビリアン姿の兵士たちで、まったく一般住民との区別がつかず、彼らが攻撃をしかけるまでは、その帰属がわからないことだった。

フィリピンの戦闘を語るとき、大いに戦局をゆるがしたこのゲリラを語らずしては充分とはいえない。この意味において、多少、話がそれたり、重なったりするが、ゲリラのもろもろについて、以下に記すこととする。

フィリピンのゲリラは、ヨーロッパ戦線におけるレジスタンス部隊とは、全然といってよいほど、そのニュアンスが違う。

戦時中のフィリピンゲリラを大別すると、三つになる。

その第一は、極東米軍＝ユサッフェＵＳＡＦＦＥ（U.S.ARMY FORCES IN FAR

EAST)であり、これは米軍そのものである。

第二は、職業的ゲリラであり、古来よりフィリピン各地、とくに山岳地帯の農村に蟠踞《ばんきょ》していた、いわゆる山賊である。

第三のものは、ガナップ（マキャビリ軍団）であり、日本軍により創られたもので、対日協力集団だったが、これは米軍側にとってのゲリラであった。

マッカーサー将軍は一九三七年、昭和十二年（彼はその前年、フィリピンの軍事最高顧問となった）、アメリカ極東軍の予備部隊としてフィリピン人による軍隊組織をつくり、毎年、六万二千名の養成を目標とした。

太平洋戦争が勃発したとき、フィリピンにはこのUSAFFE（以下、ユサッフェと記述）が約十二万名いたと記録に残っている。

この部隊の指導は、米軍がおこなったが、編成はすべてフィリピン人によっていた。師団長も連隊長も指揮官はすべてフィリピン人で、バギオにあったPMA（フィリピン陸軍士官学校）出身者が高級者で、下級指揮官は軍事教育をうけた大学出身者であった。

ユサッフェの主力はルソン島にあり、日本軍のルソン島上陸にあたって、その防御正面に立ちはだかって戦ったのは、フィリピン人編成の部隊であった。

ちなみに、ユサッフェは極東米軍であり、開戦時にはマッカーサーがその総司令官であったのだから、当時、マッカーサーの指揮下にあった部隊はすべてユサッフェであり、フィリピン人だけがこの称号に価するものではない。

戦後、フィリピン人は錯覚を起こして、その活動が祖国を救ったという誇りもあって、ユサッフェはフィリピン人のみであると思っている人が多い。

バターンの戦闘で日本軍を百日間にわたって悩まし、いちじは敗走にまでもちこんだのも、このユサッフェ、とくにフィリピン部隊であった。その数六万名で、ユサッフェの大部分はこの戦闘に従事した。

バターンの戦闘がおわり、生き残った将兵はすべて捕虜となった。バターン死の行進、キャパスの非人道的捕虜収容所生活ののち、フィリピン人のユサッフェ関係者はすべて釈放された。

この釈放されたフィリピン人たちは、後の大統領のマルコスをふくめ、幹部たちは日本の治世下に住むことをいさぎよしとしなかった。

これらの人びとは、きびしい日本憲兵隊の眼をのがれ、主として北部ルソンの山を本拠として、抗日行動をおこなった。

しかし装備もわるく、同志もすくなく、ルソン島に関するかぎり、彼らのゲリラ活動は昭和十八年の末までは、ほとんど見るべきものはなかった。

一方、ミンダナオ島、レイテ島、セブ島には、ユサッフェの米軍将校が日本軍の目をのがれて生き残り、山の中で米軍の再上陸の日にそなえていた。

昭和十七年末、オーストラリアに在ったマッカーサーは、これらユサッフェを中核とするゲリラ部隊を編成するため、チェック・パーソンという歴史的ともいえる元海軍中尉を、ミンダナオ島に潜水艦で送り込んだ。

このパーソンの伝説は多くの本に書かれているが、まさに天才的なスパイの要素を具備していた男で、まずミンダナオ島でのユサッフェの再建に成功し、伝手《つて》をたどってその勢力をレイテ、セブへと拡大していった。

パーソンが主兵器として送り込んだのは無線機であり、昭和十八年の末にはルソン島をのぞく全フィリピンには、ユサッフェの情報網ができていたのである

昭和十九年に入ると、マッカーサーはミンダナオよりデューケ少将（フィリピン士官学校卒）を長とするユサッフェ部隊を、ルソン島に送りこむことに成功した。

もともとルソン島はユサッフェの本拠地であったから、その再編成は容易であり、これを待って各地に潜行していた旧幹部は、勇躍、その任務についたのであった。

それにしても、その兵力はまだ五千名前後であり、戦力といえるほどのものではなかった。

山賊ゲリラも軍団化

マッカーサーがこれらユサッフェゲリラに課した任務は、第一が情報の蒐集であり、第二は人心の攪乱であった。

日本軍がフィリピンに進攻したとき、フィリピンはとにもかくにも恵まれた国であった。米国の支援で最低限の生活は保障されてもいた。

フィリピン人の性格が平和を愛することからも、日本占領後の一年は平和であった。

一年たったとき、フィリピン人は食糧不足に困ってきた。二年たったとき、もうフィリピンは、とくにマニラは飢餓地獄であった。日本はフィリピン人より食糧を奪ったのである。

昭和十九年の六月、私はニューギニアからマニラに入ったが、夜ともなると、私の勤務する四航軍より繁華街のマビニ通りにいたる間に、おびただしい売笑婦が往行しているのに驚いた。

男は働こうにも働く場所がなく、行きつくところ娘が身を売る以外、生きていく道はなかったのである。

いったい、だれがこうしたのか。

他国に迷惑をかける戦争をした日本の責任でなくて、なんであろうか。

とくに米軍の昭和十九年九月二十一日からのマニラ地区爆撃により、フィリピンのすべての経済系統は完全にマヒし、インフレがいっきょに発生して、フィリピンは人間としてまともな生活ができる国ではなくなったのである。

この時期、米軍は精神面ではすでにフィリピンで勝利を握っていたのである。

日本を恨み、米軍の再進攻をねがう声は、フィリピンの全土にみちみちたのである。

昭和二十年一月八日、マッカーサー軍が北部ルソンのリンガエン湾に上陸するや、全フィリピン人は歓呼してこれを迎え、米軍の前進する路々はフィリピン人であふれた。

これらフィリピン人はみずから志願してゲリラとなり、米軍の前進路にあたる日本軍の詳

「アイ・シャル・リターン」の言葉通り、フィリピンに還ってきたマッカーサー(写真中央右)。フィリピン人たちは歓呼して米軍を迎え、自らゲリラとなって、日本軍の詳細な情報を提供した。

細な情報を提供した。だから、米軍は偵察隊を派遣する必要はまったくなかったのが実情であった。

現に、すでに述べたとおり、マニラ攻防戦の前哨戦ともいえるアンガット河の日本軍守備隊（宇野大隊）は、気づいたときはゲリラに包囲されており、なんらなすこともなく敗走した。米軍はこの戦闘にほとんど介入する必要はなかったのである。

二月三日、米軍はマニラに突入した。

わが軍の情報がうまく伝達されなかったこともあって、これまた、まったくの奇襲となってしまった。米軍戦車のあとにつづく多くのトラックには、すべてマニラ出身のユサッフェゲリラが乗っていた。パシッグ河以北のマニラ市は、町を知悉している彼らの手により、一日を要さず占領されたのであった。

その後のマニラ攻防戦においても、マ海防が派遣した強力な斬り込み隊は、すべてその情報を事前にゲリラによって米軍に通報され、なにひとつ成果を上げることなく失敗している。

また、二月六日よりはじまった米軍のパシッグ河の渡河作戦にしても、渡河予定地の対岸はすでに潜入したユサッフェゲリラによって固められており、易々として米軍は渡河してきたのである。ゲリラ部隊の完全ともいえる勝利であった。

しかし、こうした強力で膨大な組織が、一朝一夕にしてできたわけではない。日本軍、とくに日本憲兵隊は、厳重にこれら組織の集成をチェックしており、ユサッフェ幹部の動向について、一部、山地に入ったもの以外は知悉していた。

いわゆるゲリラ狩りが各地でおこなわれ、不審な挙動のある者は、すべて逮捕してフォートサンチャゴに収容し、言語に絶する拷問ののち処刑した。記録によれば、その数一万名を超えたとなっている。

マッカーサーはこれにどう対処したか。

ユサッフェゲリラを編成するため、ミンダナオからデューケ将軍を北部ルソン島に派遣したことは前に述べた。そのとき、デューケ将軍と連絡のついたユサッフェ残存者は五千名にもたらず、それもルソン島の各地に分散しており、軍団の編成は不可能であった。

そこで、米軍はゲリラ部隊を編成するため、それまでフィリピン各地に蟠踞していたいわゆる職業的ゲリラ、いいかえれば山賊ゲリラの組織を利用することにふみ切ったのである。

フィリピンという国は、古来この山賊というか、無法者の集団というか、こういったグループが各地に蟠踞していても、それをべつにおどろかない国であった。このグループは世間に容れられない人びと、すなわち脱獄者や政治犯などの集団であった。

彼らは通常、その本営を山中におき、活動範囲を限定し、そのテリトリー内の住民からは一種の税金をとりたてていた。なかには、その家族を一般集落に生活させているものもいた。

このグループでいちばん強力だったのが、中部ルソンのアラヤット山に本部を置くグループで、これは完全なゲリラ戦闘集団ですらあった。

彼らは縄張り意識が強く、反面、縄張り内の住民には危害をあたえないのみか、この治安に任じ、住民を保護さえもしていたのである。

このアラヤット山のゲリラは、その後も健在しており、戦後、猛威をふるった「フク」団はこのグループそのものである。

戦後三代目の大統領マクサイサイに平定されて以後も、なお力強く生きつづけ、PNA（新人民軍）はこれを母体とするものなのである。

ともあれ、日本軍が進攻して以来、このゲリラに新しいタイプが出現して、各地の山々に屯するにおよんで、従来の山賊ゲリラは困惑した。新しいタイプのゲリラとは、ユサッフェゲリラのことである。

というのは、山賊ゲリラには抗日の意識は全然なかったからである。ないどころか、彼らは各地に分散配置されていた日本軍守備隊とは、友好関係にあったものも少なくなかった。

したがって、日本軍に協力的であった山賊ゲリラとユサッフェゲリラが共存できるはずはなく、一時この両者は戦闘をまじえたこともあったほどであった。

マッカーサーはこの事態を解決するために、妙案を考えた。すなわち、山賊ゲリラを正規のユサッフェ軍団と認め、これらの人びとに階級を授与したのである。きのうまでの山賊のボスが、いきなり大佐となり中尉となったのである。

戦後、私は多くのフィリピンの元軍人と友人になった。その中には、少なからざるゼネラル（将軍）のタイトルの保持者もいた。その一人に、

「私はゲリラのゼネラルだ」

という人がいて、私を驚かせた。彼が私にくれた名刺にも、はっきり、ゲリラの中将と記してあった。

また、私が戦後、五年間ほど滞在したフィリピン・セブ市の私のオフィスに、多くの人びとが集まって会議をした記憶がある。目的は従軍した軍人たちが、アメリカ政府に恩給の請求をするためで、席上、ゲリラの人たちをこの請求者の対象とすべきか否かで大分もめていた。

ともかくも、マッカーサーがフィリピンに上陸したときには、ゲリラは完全に一本にまとまっていた。日本軍は一体どの男がゲリラか、善良なシビリアンなのか、判別のつかないまま戦闘をせざるを得なかった。

マニラ攻防戦のとき、マ海防の報告電の中に、つぎのようなものがある。

「いまや、マニラ市民はすべてゲリラ化し、われわれはフィリピン人は即米軍そのものと断

定せざるを得ない状況にたちいたった」と。

北部ルソンの戦いでは、ユサッフェゲリラはすでにゲリラではなく、正規の軍隊となり、その名称もUSAFIP・NL（U.S.Armyd Forces Philippine North Luzon）——北部ルソン・フィリピン米国軍——と変更し、日本軍と戦った。

奇妙な友情

戦時中、私はフィリピンに捕虜生活をふくめ約二年いたが、その間、わずか二ヵ月だけではあるが、マニラ市東部のサンターナというところに官舎をもらい、一般マニラ市民の間で生活したことがあった。いまから思うと、その期間に二人のユサッフェ将校と、友人として交際していたことになる思い出がある。

当時、私は第二航空通信団部員であったが、昭和十九年十月に入って、とつぜん、第十航空情報連隊付に転属を命じられた。

第十航空情報連隊（村上部隊）は、全フィリピン航空の期待をになって急派された航空情報連隊としては、最大級の部隊であった。しかし、マニラへの到着が九月になってしまい、ついに最後まで戦力を発揮しないままで終わった部隊でもあった。総兵力は二千におよび、優に一コ旅団クラスの威容を誇っていた。部隊長は陸士三十六期の村上実中佐、隊付高級将校は陸士四十四期の野地少佐で、この道のベテランであった。

ところが、この先任者の野地少佐が、急にスマトラ方面の航空通信部隊長に任命されたので、大尉であった私がその後任に任命されたのである。

結局、私は翌二十年の一月九日までこのポジションにいた次第だが、苦しい南方戦線の思い出のうち、この第十航空情報連隊の約二ヵ月半の生活だけは、公私ともに懐かしい思い出として胸に残っている。

なにしろ、その部隊のナンバー・ツーとしての役職である。私が着隊して驚いたのは、すべてが豪勢だったことである。

サンターナの私の官舎は一戸建ての広い邸宅で、専属の当番兵と、これまた専属の自動車があり、運転手二名がついていた。

官舎の家主はドクター・パブロという人で、サンターナ地区きっての金満家であり、実力者でもあり、私の家の持ち主であるばかりでなく、部隊長の宿舎はもちろん、第十航空情報連隊関係者のほとんどの宿舎の家主でもあった。

夜ともなると、私は歩いて五分の距離にあるこのパブロ家を毎日おとずれて、時を過ごしたものである。二、三度の訪問後、パブロ氏は私がマージャン愛好者であるのを知って、その後はかならずジャン卓を囲むようになった。

そのときの対局者は、かならずパブロ夫人と、夫人の弟である二十八歳くらいのハンサムな男だった。

ある日曜日の午後、突然このパブロ夫人の弟が私の家を訪れてきて、マージャンをやろうというのである。もちろんマージャン持参で、メンバーとして近所のフィリピン女性を伴っていた。

この女性も相当な家の人らしく、その後、何度も私のところでマージャンをやったが、いつもメイドといっしょに来るのが常であり、メイドは三歳ぐらいの娘をつれていた。

われわれの間に、奇妙な友情が生まれた。

昭和十九年十二月一日、私は少佐に進級した。

その日、第四航軍関係の陸士五十二期の八名は、司令部で冨永恭次軍司令官に申告した。私のほかはすべて、最近、航士の区助から四航軍付となった者ばかりで、また純航空畑をあゆんできたのは私一人であった。

つぎの夜は、パブロ家で私の昇進祝いのパーティーであった。席上、パブロ夫人の弟と、マージャン仲間の女性の二人から私あてに、少佐専用の赤い自動車に立てる旗のプレゼントがあった。念入りにつくられたもので、標準サイズよりだいぶ大き目のものでもあった。いまから思うと、この旗には意味があったのではないかと考えられる。

つまり、この旗の持ち主は敵でなく、友人だとの知らせではなかったかと思われる。なぜなら、その後、私はこの旗をつけて北部ルソンのエチアゲまで行ったが、一回もゲリラからの敵対行為にあっていないからである。

さて、パーティーのつぎの朝、私はパブロ氏の来訪をうけた。

「メージャー山中、今日は特別のお願いでまいりました。どうかわれわれの苦しい事情を察して、あなたの力でわれわれを助けて下さい」

用件を聞いてみると、この地区の住民は毎日の食糧がなく、とくに米のストックがまったくなくなって困っている。さいわいパブロ氏の故郷である北部ルソンには、充分の米があるので、その米をマニラに運びたい。そのために私の部隊のトラックを借りたいというのであった。

私は部隊長に相談してみた。

「依頼主がパブロであっては、むげに断わることもできまい。君の裁量で適当に考えてやれ」

許可がおりたので、その夜、私はリンガエン地区に配置していた情報小隊への部品補給の名目で、機関銃一梃と七名の警備兵をつけて、トラックをパブロ氏に貸してやった。

輸送作戦はぶじ終了し、二日後、パブロ氏は私のところへ顔を出し、

「メージャー、ほんとうに有難うございました。おかげで、とうぶん困らないだけの米が手に入りました。これはわれわれの気持です」

といって、米を一袋、差し出した。

さて、つぎの日、私が隊に出勤すると、部隊副官から、

「少佐殿、憲兵隊から聞きたいことがあるから、時間があき次第、ちょっと顔を出してくれとのことでした」

出頭すると、当方が少佐だから、大佐の隊長が出てきて、

「山中君、君はパブロに車を貸したそうだが、間違いないな。しかも護衛兵つきでな」

「はい、たしかに貸しました」

「君は知らないだろうが、そのとき、パブロの弟の大尉がその車でマニラを脱走したんだよ」

くわしく聞くと、パブロ夫人の弟は大尉で、ユサッフェゲリラの中心人物であり、かねてより憲兵隊でチェックしていた男だという。まさか日本軍のトラックで、しかも機関銃つきでマニラを脱走するとは思いもよらなかった次第であったという。

「君は知らなかったのだから、しかもすんだことだから、君の責任を追求しようとは思っていない。しかし、今後は二度とかかることのないよう注意してほしい」

しかし、事はこれだけで終わらなかった。一週間後、私はまたまたパブロと夫人の来訪をうけたのであった。

「メージャー、またお願いなのですが」

「ドクター・パブロ、悪いけどもうトラックは駄目ですよ」

私はパブロの機先を制してこう言った。

「メージャー、車のことではないのです」

今度は夫人が涙を浮かべて言った。

「メージャー、ぜひ聞いて下さい。じつは昨夜、弟がマニラに帰って来たのです。そして家の前で憲兵に捕らえられたのです。

どうか弟を助けてやって下さい。このままでは、弟はフォートサンチャゴに連行され、いずれは処刑されます」

私は心中、あきれてものが言えなかった。なんでのこのこマニラに帰って来たのか。しかし、夫人の涙いっぱいの頼みを断わることもできない。とりわけ私は、女の涙には弱い男なのである。

「わかりました。とにかく憲兵隊にかけ合ってみましょう」

私はまたまた憲兵隊長に面接した。

「山中君、パブロの弟のことなら、いっさい問答無用だよ。少佐殿の頼みでも、これだけは聞くわけには参らぬから」

いまでも悔やまれてならないのは、そのとき私はマニラ憲兵隊に同期の東平健がいるのを知らなかったことである。東平にしても、いくら同期生の頼みでも、ユサッフェゲリラ幹部の助命はできなかったかもしれないが、多少の方法はあったのではあるまいか。

それというのも、戦後、私の長いマニラの生活で、もしあのときパブロ夫人の弟の助命に成功していたら、彼はきっと私のよき商売のパートナーあるいは助言者となってくれたであろうと思うからである。

彼はUP（マニラ国立大学）出身のエリートで、ひょっとしたら大統領にでもなったかもしれない男だったのである。

その夜、私はパブロ邸にいき、私の力がおよばないことを述べて、謝罪した。それ以後、パブロ氏とは気まずくなり、会っていない。

戦後、そのパブロ氏より、どうやって調べたのか手紙がきた。マニラに来たら寄ってくれ、とあった。

昭和三十年、私はマニラ勤務となり、あの懐かしいサンターナの町を訪れた。しかし、昔のサンターナのたたずまいはなかったし、パブロ家もなかった。昔の面影をいまに残していたのは、古い教会と、競馬場へ通ずる街角のガソリンスタンドだけであった。

忘れえぬ少女の思い出

つぎに、いまひとつゲリラの思い出がある。それはパブロ事件とほぼ併行して起こったのだが、今度はある朝、先に書いたマージャンのメンバーのフィリピン女性が私を訪ねてきたのであった。

この夫人は、美しい人だった。会ってみると、

「メージャー山中、あなたの力で娘をたすけて下さい」

というのである。

この夫人には娘は一人しかいないし、いつもマージャンのときはメイドが抱いてニコニコしていた娘のはずで、まだ三歳には満たない子供なのである。

「娘さんがどうかしたのですか」

「はい、昨夜、ケンペイが私の家に乱入して、娘と女中をつれ去ったのです」

まことにもって、不思議な話である。憲兵がゲリラを連行するのなら、話はわかる。しか

し三歳の女の子を連れ去るとは、いったい何事だ。

夫人の話のあらましは、こうだった。

「――昨夜、ケンペイが私の家をうかがっているのに気づき、主人と私はすぐ家を出て他に移りました。しかし、幼い子供にはなにもしないと思いましたので、娘と女中は家にのこしたのです。今朝、家に帰ってみますと、娘はいません。女中といっしょにケンペイが連れ去った、という近所の人の話でした」

私は怒った。

いやしくも日本の憲兵隊が、目的はなんであるにせよ、三歳の子供を逮捕するなど、もってのほかだと思った。

また、私の胸の中にパブロ事件の傷が残っていたことも事実であった。

私はすぐ行動を起こした。夫人を私の家に待たせておいて、憲兵隊に乗り込んだのである。

娘をひきとるには一分もかからなかった。

憲兵隊自身、連行はしたものの、その処置には困っていたらしかった。しかし、少佐の私がひきとりに来るとは、思っていなかったようであった。

私は娘を抱いて車にのせて帰った。娘は自動車にのれて、むしろ嬉しそうだった。

ところが、その晩である。私がそろそろ就寝しようかと思っているとき、当番が娘の両親が私を訪ねてきたと告げたのである。

私はあわてた。まるで私自身がゲリラで、憲兵に追われているような錯覚を起こした。私は大急ぎで彼らを私の室に入れた。

娘の父親（ユサッフェゲリラの少佐であったのは後で知った）が、手に三本のラム酒をさげており、それを私に差し出しながら、

「メージャー、ほんとうに有難うございました。われわれはいまからマニラを去ります。去るにあたり、せめて一言お礼をと参上しました」

私は心中、そんな悠長なことをいっていてよいのか、いまにも憲兵は君を逮捕にくるかも知れないのだぞ、早く逃げなさい……と思いながら、戸外まで送った。

別れるとき、私は娘を抱いてやった。すると少女は、私の首に両腕をまわして、私の頬にキスしてくれた。

その柔らかさ、優しさ、私はいまでも、忘れることはない。

三　成算のない空しき奔走

抵抗拠点なき市街

さて、話はマニラの市街戦である。西山大隊の壊滅によってパシッグ河以北の地は、すべて米軍の手に落ち、マニラ海軍防衛隊（マ海防）と振武集団とをむすぶ線は、海岸通りよりブエンディアを抜けてマッキンレーにいたる、ただ一本の線のみとなった。

二月七日と八日、米軍はマラカニアン前庭より渡河し、これまたゲリラの先導によって、まずパコ正面のパンダカンに兵力を集中した。

マニラ市を実際に知るものなら、だれでもわかるのは、マニラ市は市街戦のできる場所ではないということである。とくに戦闘のおこなわれたパシッグ河以南の地は、地下壕が掘れない。一メートルも地面を掘ると、水が出る。

つぎにもっとも大切なのは、抵抗拠点とすべき建造物のないことである。海軍のマニラ残留参謀たちは、マニラ市街戦を夢みたというが、マニラは上海とかスターリングラードとは、本質的にちがっていた。

マ海防が防御に使用できる建造物は、数えるほどしかなかった。そのほとんどはその後も存在しているので、マニラに行くチャンスがある読者は、これらを見てまわることをおすすめしたい。そうすれば、おのずから当時のマ海防の配備がわかると思うからである。

すなわち、北に面して左から説明すれば、第一線としては、イミグレーション、旧セントラルバンク、郵便局、劇場、水道局（旧陸軍病院）、台湾電力であり、それより右、つまりパコ正面には、なにもない。

第二線としては、インタムロス城壁、財務省、農商務省（観光局）、国会議事堂、シティホール、UP（マニラ国立大学）、警察署、少しおいてパコ駅である。

第三線としては、マニラホテル、水族館、マラテ教会、リサール球場、しいて言えばニコルスに向かう道にバクララン教会がある。それだけである。

最初に敵が進攻してきたパコの正面には、まったく抵抗拠点はなかった。この地に布陣して米軍を迎えうったのは、マ海防第一大隊（長、清水常喜海軍大尉）であり、パコ駅を中心として頑強に抵抗したが、進行方向のすべてを焼きつくすという米軍の戦法には、歩一歩、後退のほかなかった。

十日には第一線をひき、第二線である大東亜通り以南にひくこととなった。しかし、戦線は錯綜しており、十二日まではなんとか敵の大東亜通りへの自由乗り入れは許していなかった。

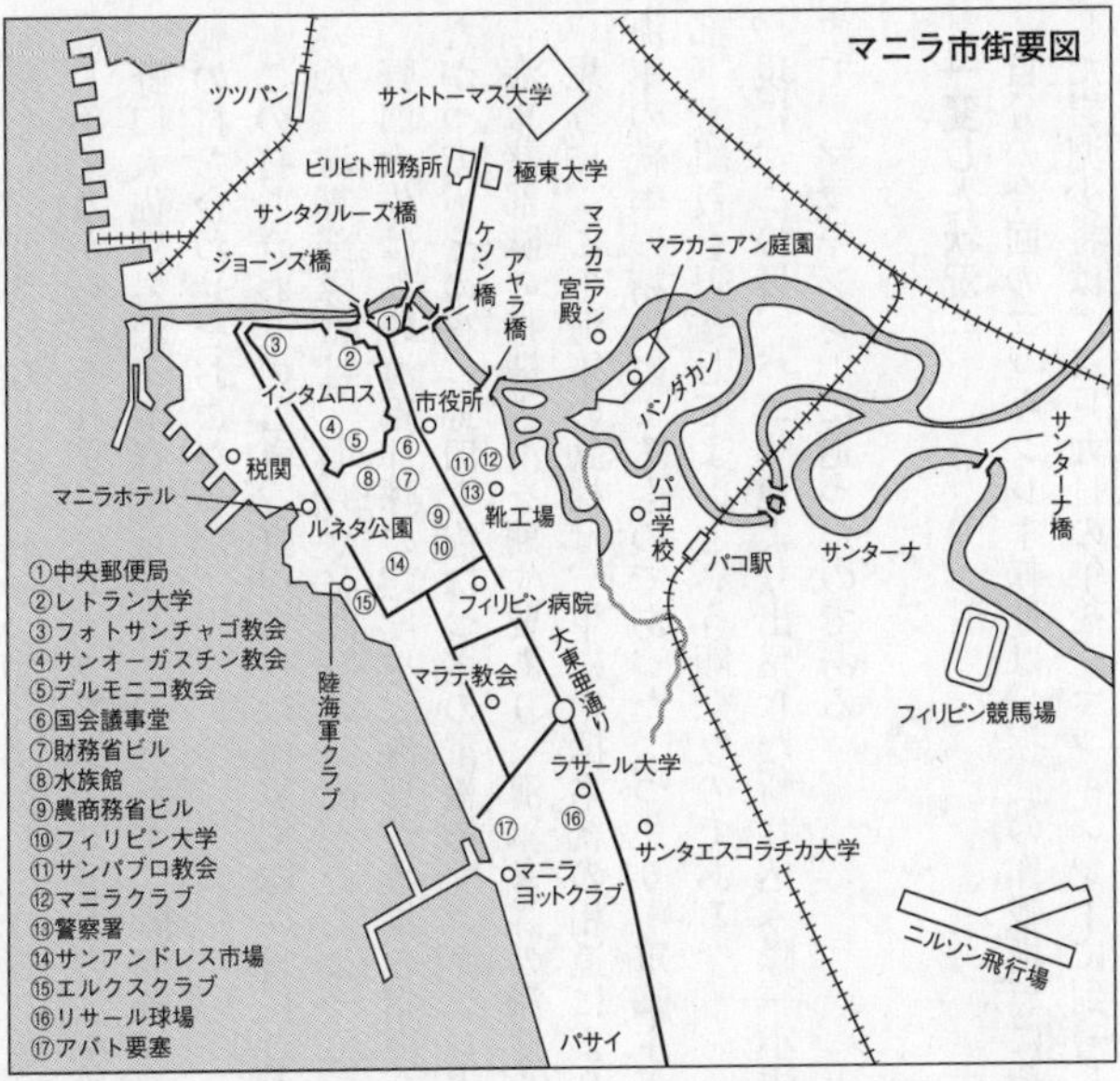

二月九日、岩淵三次司令官は、戦況は去る一月二十日、振武横山集団長と打ち合わせた通りに動いていると考え、予定どおり司令部をマッキンレーに移し、在マニラのマ海防の指揮を、陸軍部隊の指揮官であった野口勝三大佐に託した。

このとき、岩淵司令官は野口大佐に、つぎのように指示した。

「私がマッキンレーに移動するのは、去る一月二十日、振武集団長横山中将との打ち合わせにもとづくものである。爾後の行動の予定は、十日の午前中に萱島浩一参謀をモンタルバンの振武集団に派遣し、戦況報告とともにマ海防のマニラ撤退を具申する。この要求は問題なく許可されるものだから、貴官は私よりのこの撤退命令を遅くとも十日の夕方までには入手するから、それまでにマニラ撤退の部署と方法を検討のうえ、準備してほしい」

野口大佐は岩淵司令官を見送るや、ただちに陸海軍両部隊の責任者を召集し、この撤退作戦の打ち合わせをおこなった。

この打ち合わせのとき、野口大佐は海軍部隊の責任者たちの顔つきが尋常でないのに気づいた。海軍部隊には、明らかに動揺の気配がただよっていたのである。

野口大佐はこの海軍部隊の態度を、海軍が陸軍の指揮をうけることの不満と解釈した。したがって、その夜、野口大佐はつぎの電報をマッキンレーに発した。

「海軍諸部隊の指揮円滑を期す要あり。海軍参謀の派遣を要請する」

思うに、この海軍の動揺は、単に指揮系統の相違により生じたものではなく、その原因は海軍の統率の精神によるものであった。つまり、軍艦主義なのである。艦長が退艦すれば、部下乗組員も退艦してよいという観念なのである。

現に、この日、パコ陣地より出撃した斬り込み隊一小隊は、大隊長の命令なくパコ陣地をすて、マッキンレーに退ったのである。

一変した状況

自分の今回のマッキンレー転進は、振武の作戦指導にそったものであると固く信じて行動した岩淵少将は、二月九日の午後、マッキンレーに到着した。マッキンレーはマニラ市街よりも、もっと激しい敵の猛砲爆撃にさらされているのを実感し、驚きもした。

その夜、岩淵少将はマッキンレーの広大な地下壕の中で、すでにニコルス飛行場陣地を撤退した峯尾静彦第三大隊長や、西山大隊の敗残士官の報告を聞き、さらにこの三日にわたる陸軍よりバギオに発した報告電報の写しを見て、一般情勢の、とくに振武のマ海防への作戦指導の考えが、変わってきているとの印象を強く感じた。

そして、その微妙な変化の原因が、海軍部隊の敢闘精神の欠如にもとづいているのに気づいて、愕然とした。はずかしいと思った。

しかし一方、私的な悲憤に流されてはならない、自分は三万の生命をあずかるマ海防の指揮官である自覚をも忘れてはならない、と自戒もした。

十日の早朝、岩淵少将はマニラより招致した萱島浩一参謀を振武に派遣した。

派遣の意義は、もちろんマ海防のマニラ撤退を振武に具申するにあった。しかし、昨夜来の心境の変化のため、岩淵少将は萱島参謀に一言つけくわえた。

「現状を正確に報告し、弱音をはくな」

萱島参謀は、もちろん自分の任務を知っていた。しかし、振武の参謀部に出頭して、彼は状況の一変しているのを知って驚くとともに、とてもマ海防の撤退を口にする余地のないのを知って、困惑した。

振武はこのとき、マニラ反攻で満ちみちており、マ海防の撤退など考えもしていなかった。いや、マ海防がマニラにいるからこそ、マニラ反攻は意義があり、マ海防なくしてはマニラ反攻は成り立たないという、いかにもモンタルバンの洞窟のなかの作戦室でプランニングしたらしい実情を無視した作戦計画で、振武の参謀部は大変な騒ぎだったのである。

「海軍さん、もうしばらく頑張ってくれよ。十三日からわれわれはマニラに反攻し、かならず山からマニラに、少なくとも一本は道をつけるから」

一本道をつけるというのは、マ海防と振武とが手を握るということで、撤退はそれからで充分であり、いまとくに考えることはないということであった。

マニラ反攻計画が実施の方向にむかっているなど、なにひとつ知らない岩淵少将は、十日の夜まで萱島参謀の報告電を待った。待ちくらした。

その夜、振武よりのマニラ撤退命令を待っていたのは、岩淵少将だけではなかった。全マニラ陸海軍部隊の指揮官となっていた野口大佐も、その一人であった。彼は九日朝の岩淵少将との打ち合わせにより、少将からの転出命令を、いまかいまかと待っていたのである。

野口大佐はマニラ転出のすべての部署を決定し、三日分の非常糧食の準備をもなし、いつでもマニラを撤退できる体制にしていた。

萱島参謀は、その日の夕方、在モンタルバン海軍通信所にゆき、すべてを岩淵少将にあてて報告打電している。しかし、なぜかこの報告は、タイムリーに岩淵司令官にはとどかなかった。

午後十時、たまたまマッキンレーに来ていた島村憲吉海軍大尉が、その夜マニラに帰るのを利用して、岩淵少将は、つぎのように野口大佐に伝言した。

「時機は後命する」と。

島村大尉は深夜、マッキンレーを発ち、まだ米軍の進入していない海岸通りをぬけて、早朝、マニラに入り、ただちに野口大佐に会ってこの伝言をつたえた。そのとき、野口大佐の顔つきが心なしか動いたのを、島村大尉は見逃さなかった。

またそのとき、米軍が陸軍陣地の前面にも出現したとの報告者が同席もしていた。

マニラはおいおいに敵の重囲の中に入りつつあるのが、二月十一日早朝の状況であった。

死を決した司令官の帰還

岩淵三次少将は十一日の早朝、マッキンレーの通信所をおとずれ、ついに萱島参謀よりの報告電報がこないのを確認したのち、マニラへの帰還を決意した。そのとき、岩淵少将は振武のマニラ反攻計画をもちろん知るよしもなかった。

岩淵少将は怒りを押さえる術を知らなかった。振武はマ海防を見殺しにするのか。一月二十日の打ち合わせは、言葉だけの約束だったのか。それならそれでもよかろう。死ねというのなら、立派に死んでみせよう。

岩淵少将はわずかの護衛兵をつれ、十一日の早朝、マッキンレーを発った。それは、死出の旅であった。

岩淵少将は死のうと決心した。死ぬならマニラに帰り、愛する部下とともに死すべきだと考えた。まして、マニラには陸軍部隊が三千名もいる。海軍の司令官がマニラを陸軍の指揮官にまかせて、自分だけが後方に位置するなど、武人としてできるわけがないと考えた。

マニラの本部にいたる間、少将はみちみち部下の各部隊の指揮官に会い、短いねぎらいと激励の言葉をあたえた。これは部下との死別の言葉でもあった。

正午前、財務省ビルのマ海防本部に帰着した岩淵少将は、野口大佐に会い、その任務を解除して、ふたたびマ海防の総指揮官となり、その旨を全軍に布告した。

この岩淵少将のマニラ再帰還は、後年、多くの識者のあいだで問題となり、論議された。結果的にいえば、この再帰還ゆえにマ海防は全滅したことになる。

なぜなら、野口大佐が指揮していれば、彼は自分の責任においてマ海防のマニラ脱出を敢行したであろうからだ。これには大義名分が立つ。絶対多数の海軍部隊の将兵を、陸軍の指揮官が死に追いやることはできないことであり、また責任の問題となれば、野口大佐一人がこの責任をとれば事たりたからである。

岩淵少将はマニラに帰還したのち、つぎのような電報を発して、その理由を表明している。

「小職今回、桜丘（マッキンレー）に転移せしは、一月二十日の打ち合わせにしたがい、その時期なりと考えおこないたるものなり。そもそもマ海防の任務は、当地を固守し敵を撃摧するにあり、しかれども現兵力をもっては目的達成上、不利と思惟したるのみならず、マニラの焦土と化したる現況においては、当地を死守する要なく、いまがその時機（撤退の）と認めたるがためなり。

しかれども、軍方針も了解できたるにつき、小官マニラに再進出、第一線を指揮しつつあり。全軍士気旺盛、御安心を乞う」

以上の電報が振武、尚武、南西方面艦隊についたのは、二月十四日となっているが、欠文が多く、そうとう遅延して到着したものと思われるから、おそらく発信日は十二日または十三日であろう。

岩淵少将は振武のマニラ反攻計画を知ってのち、これを打電したもので、そのとき、はじめて振武の方針を知り、まがりなりにも心の平静をとり返したものと思われる。

それにしても、なぜ振武は、マ海防のことをもっと親身に考えてやらなかったのであろう。岩淵少将がマッキンレーに移ったとき、山の洞窟のなかでなにひとつマニラ市街戦の実情を

死を決してマッキンレーよりマニラに帰還したマニラ海軍防衛隊司令官・岩淵三次少将。

知らず、士気の高揚のみ叫んでいた参謀の一人でも、マッキンレーに派遣するだけの温かい気持はなかったのか。また、マニラ反攻こそは、絶好のマ海防マニラ撤退の援護作戦であると考えおよばなかったのか。まったく惜しみてあまりあるものを感ずる。

岩淵少将はその夜（十一日）、上野有造副官に、マ海防に関する重要書類を携行してマッキンレーに後退するように命じた。

また、島村憲吉大尉以下、約二百名のマ海防に直接関係のない、いわば助っ人的な存在である将兵のマニラ退去も命令している。

岩淵少将としては、できるだけマ海防以外の人員の救出をはかったのである。このとき忘れてはならないのは、岩淵少将は当時マニラにあって、日本軍に協力していたマキャビリ軍団（ガナップともいう）をも、退去部隊といっしょにマニラから東方山地に撤退させていることだ。

このマキャビリ軍団については、ゲリラのところで少しふれたが、昭和十九年十月、日本軍により創設されたフィリピン人のみによる軍団である。フィリピン政府とはまったく関係がなく、米比軍に対抗してできたもので、ラモス将軍を長とした。装備もすべて、日本軍より供与されていた。親米一色のフィリピンにあって、この軍団のみは最後まで日本軍に協力した独得のものである。

結果的に見ると、この夜のこれらの部隊のマニラ脱出が、マ海防よりの最後のものとなり、これ以降、集団での正規の脱出は、ふたたび行なわれなかった。

十二日の夜明けとともに、パサイ地区が米軍の猛砲撃をうけはじめ、これまで第二線陣地であったマラテ、リサールの海軍部隊の出番となった。マニラとマッキンレーを結ぶ唯一の連絡道路の維持がむずかしくなってきたのである。

二月八日、パコ正面に出現した米軍は、例によって焦らず無理せず、しかし、じりじりとその地歩をすすめ、十二日にはマ海防の第二線陣地である大東亜通りに迫ってきた。

しかし、十二日現在、マ海防はパサイ地区をのぞく大東亜通りは、なんとか確保していた。

「日本人は鬼だ」

ここで、この日にいたるまでのマニラ市街戦の模様を、マニラ市民の証言をもとにして記述してみたい。この証言というのは、私の長い戦後のマニラ生活の間、私が直接入手したデータによるものである。

二月十日の朝、パコ正面の米軍よりの砲撃は、ついにパコステーション（海軍第一大隊の本部）から二キロ離れているサンアンドレス市場（果物の市場としてはマニラ第一である）付近にまでとどくようになり、この市場にくわえられた砲撃により、市場一帯は大火災となった。

この時期のマニラは、いわゆる乾季の最中であり、もともと水利のとぼしいこの地区は、たちまち火が四方にひろがり、収拾のつかない混乱をまねいた。

また、この火災を望見したマニラ市民は、いよいよ戦火がマニラ市内に入ったことを実感し、一様に途方にくれた。とくにこのサンアンドレス付近は人家の密集地であったため、多くの市民が右往左往し、一種のパニック状態におちいったのである。

戦後、フィリピンで私は多くの仕事をした。それらの中で、もっとも大規模なのが、セブ島と対岸のマクタン島にかかる橋の建設であった。

そのとき、私の所属する会社と手をにぎって仕事したフィリピン側の建設会社の社長だった人が、アトニー・ガルシアである。住居もごく近くにあったりして、家族ぐるみで付き合った人だ。

このガルシア氏が、米軍のサンアンドレス砲撃のとき、そこに住んでいた。当時、ガルシア氏は新婚早々で、新妻と二人だけの生活であった。

二月八日よりはじまった米軍のパコ停車場への砲撃は、日をへるごとに烈しくなる。それとともにその着弾を延進するのか、サンアンドレス近くにも落ちるようになり、毎日が不安であった。

ちなみに、このサンアンドレスは米軍の攻撃方向に正対しており、米軍がパコの日本軍を攻撃すれば、そのままこの地に近づくところにあり、パコ駅との距離は二キロ内外であった。ガルシア氏は新妻のためにもと思い、庭先に防空壕を用意してはいたが、マニラはちょっと深く掘り下げると、すぐ地下水が出るという土地柄だけに、わずかに身体がかくれる程度の壕しかできなかった。それでも、砲撃のひどいときは、その中で妻をかばいながらの毎日であった。

「火事だ！」

という叫びに戸外に出て見ると、すぐ目の前がすでに燃えており、多くの市民が列をなして、われ先にと海岸通り（ブルーバード）をめざして、彼の家の前を通りすぎていく。自分の家もほどなく燃えるだろうと思ったので、ガルシア氏は妻をかばって、その列にくわわる以外方法はなかった。

炎上するマニラ市街。写真中央を流れるのがパシッグ河。一般市民をまきこんだマニラの市街戦は、ガルシア氏やユーロー夫人などの例にみられるような言語に絶する幾多の悲劇を招来した。

海岸線までは二百メートルくらいのもので、海風の渡るその線まで来て見ると、そこはまた人の波であり、身動きもできない状態であった。

見れば、海岸通りには武装した日本兵が立っており、近づく者には遠慮会釈なく射撃をくわえている。後からは火が、また米軍の砲撃が近づき、前には日本兵の銃火が待っている。進むに進めず退るに退れない、まさに地獄であった。

ガルシア氏は、そのとき日本兵の顔が鬼とうつったと私に話してくれた。

「日本人は鬼だ！」

という言葉は、戦後、早々にしてマニラに駐在した（昭和三十年三月）私は、そのころ何度も耳にした。戦後十年のそのときのマニラは、まだ戦いの傷が癒えておらず、フィリピンは戦勝国だという自負もあって、けっして日本人には好意的ではなかった。

むしろ、好意的な人は少なく、ほとんどのフィリピン人は排日思想の持ち主であった。

「われわれフィリピン人は、日本人を許すことは永久にないであろう。日本人は無実の人間を平気で殺す悪魔だからだ」

それほどに、日本兵は彼らにとっては憎悪の対象だったのである。

私はその言葉を聞いて、悲しかった。なぜなら、日本人は、日本兵は、けっして鬼ばかりではなかったと私は信じているし、そうであったはずである。

悲劇を招来したもの

マニラ攻防戦で日本軍がいちばん困ったのは、たびたび記したように、一般のマニラ市民とゲリラ兵との区別がつかなかったことである。ユサッフェと称するフィリピン人であって、また米軍兵士でもあるフィリピン人たちは、そのほとんどは制服を着用しておらず、一般のシビリアンとまったく同じ姿で参戦してきていた。

また、マニラ市民でさえ、米軍がマニラに進入して以来、そのすべてはゲリラ化してしまってもいた。

マ海防の兵士たちは、区別がつかない以上、フィリピン人はすべて米兵と同様に考えざるを得ないと思うほど恐れていた。といって、むやみにマニラ市民を殺すわけにもいかないジレンマがあり、できれば一般市民は、マニラを退去してほしいとまで思っていたようである。

米軍が進入してきたとき、マニラ全市にはフィリピン人が七十万人もいたと記録にはある。これらマニラ市民は、根っからのマニラっ子であり、地方に故郷を持つ者はわずかで、地方に出ることを好まない人びとであった。

彼らにしてみれば、マニラが荒廃するなど考えてもいなかった。現に、日本軍がマニラに進攻したとき、マニラを第二の故郷とし、あれほどマニラを愛したマッカーサー将軍でさえ、マニラをオープンシティーと宣言してバターンに去り、荒廃より救ったという思い出があった。だから、日本軍といえども、マニラは開放するであろうという大いなる期待も持っていたのである。

また一方、現実的に考えてみても、この時期、マニラ以北はすでに戦場となっており、逃げるとすれば、キャビテ方向にしか途はなかった。そのキャビテに通ずる道にも、多くの日本軍が配置についており、簡単には通してくれないのが実情でもあった。

こうしたところに、悲劇をうんだ一因があったことはいなめない。とはいえ、市街戦が行なわれたこと自体が一番の原因であるのはいうまでもない。

マニラをオープンシティーにするという構想は、日本にもあった。山下奉文大将も、そうすべきだと考えていたようである。しかし、山下大将はこの点を明示しなかった。迫りくる米軍への対応でいっぱいで、考えてはいたが命令しなかったのが実情である。

マニラ攻防戦でマニラが廃墟と化し、十万の市民をまきこんでマ海防三万名が玉砕するなど、山下大将にしてみれば想像もできないことであった。

この問題は、戦後おこなわれた米軍によるマニラ軍事法廷においても論議され、山下大将処刑の最重点ポイントとなったものである。そのとき山下大将は、

「私にはマニラ市開放の権限は付与されていなかった」

と釈明したよしであるが、彼、山下大将に関するかぎり、権限は問題ではなかったはずである。なぜならば、昭和二十年一月一日以降、フィリピンの作戦に関するかぎり、全権が山下大将にあたえられていたからである。

思うに、山下大将はマニラでこうも悲惨な戦闘が起こるとは考えていなかったであろうし、またマニラでの戦闘のメリットそのものに、なんらの期待をも持っていなかったと思われる。先にも述べたように、山下大将は一月三日、マニラを発ちバギオに転進するさい、このマニラをオープンシティーにした方がよいとの考えを持ってはいたが、これを明文化しなかった。

一月二日現在、マニラには二大勢力ともいえる集団が残っており、山下大将の指揮下に入り、その作戦指導に従うことをいさぎよしとしない風潮があった。二大勢力とは、第四航空軍と、マニラ残留海軍部隊であった。

第四航空軍（四航軍）司令官の冨永恭次中将は、マニラ死守論者であり、ことの善悪などにかかわりなく、とにかくマニラ飛行場群を死守し、公約でもあるかつての部下であった特攻隊の将兵の後を追わんとする、まったくセンチメンタルな気持だけでの玉砕論者であった。

当時、私も冨永中将の部下であり、当然のことながら司令官の決心に同調し、マニラで死

特攻出撃の旭光隊員に訓示する第四航空軍司令官・冨永恭次中将──「私もかならず、お前たちにつづく」との公約もあり、マニラ死守を唱えていた冨永中将は、とつじょ、決心を変更した。

のうと思っており、特別に違和感を抱かなかった。というよりも、異状なまでのファイトが湧き、とにかくマニラで死ぬんだという気持でいっぱいであった。

そのとき、マニラにあった航空部隊は約一万名で、そのすべては非戦闘部隊だったが、戦うという点ではまとまっていた。しかし、どこに陣地を構築し、いずこの線で戦うかなど、戦闘の専門的知識は全然なく、漫然と米軍の進入を迎えるというかたちのものでもあった。

一月七日、冨永軍司令官はそれまでの決心を変更して、北部ルソンに転出し、かくいう私自身も彼の行動にしたがい、北部ルソンのエチアゲに転進し、今日あるのである。

いま考えてみると、航空部隊がファイト満々で米軍を迎えうったとしても、しょせんそれは強がりだけであり、われわれは瞬時にして全滅しただろうと思われる。海軍部隊は、陸軍航空部隊とは若干ちがっていた。なぜなら、この海軍部隊の中核をなす第三十一特別根拠地隊は、いわゆる海軍陸戦隊であり、戦闘部隊として伝統を有していた。すなわち、われわれはマニラ海軍陸戦隊である——との誇りと自信にあふれてもいた。その数は千名前後ではあったが、マニラを死守するのだと、しんそこ決意していたのであった。

マニラ陸戦隊の戦意高揚に拍車をかけたのが、南西方面艦隊の参謀たちで、マニラは海軍だけで守りぬけると、固くかたく信じていた。

海軍は海風の吹くところで戦闘すべきで、山の陣地にたてこもるなど、とうてい考えられないことだと高言し、陸軍の指揮下に入るのを断固拒否したのであった。

山下大将はバギオにあって、このあたりの事情を察し、放置すれば大事にいたることを恐れ、厳に海軍を指導すべきことを振武集団長の横山静雄中将に命じた。その結果が一月二十日の振武集団長のマニラ出張となり、強がりのマ海防の主張をその立場を尊重しつつも、終局が玉砕にいたらないよう協定したのであった。

一月二十日の打ち合わせどおり、マ海防が行動していれば、マニラの悲劇は起こらなかったはずであった。事実、ことは予定どおりに推進されて、二月九日、岩淵三次少将のマッキンレー転進となった。

状況が急変したのは、振武集団がマ海防のマニラ退去命令をタイムリーに出さなかったことに起因する。また、このさい岩淵少将の心境の変化を生ぜしめたのは、振武の司令部に派遣されていた尚武（山下兵団）の参謀が発した、事実を曲解した報告電報にも一因があった。

かくて、マニラは予想もできなかった危機に、刻一刻、近づいていったのである。

友情をひきさいた銃声

さて、話をもとにもどさなければならない。ガルシア氏が海岸通りの近くで立ち往生していたころ、戦後、私がいちばん親身に世話になったユーロー家にも、悲劇が待っていた。ユーロー家は、ユーロー夫妻と十三歳になる息子、それに五歳の娘がおり、リサール球場前の宏大な屋敷に住んでいて、大金持ちであった。

ユーロー氏は弁護士で、日本の大学を卒業しており、日本語が堪能だったから、ユーロー家はいつも日本人の来客でにぎわっていた。とくに、日本人新聞記者との交友が深く、夜はプレスクラブの感じさえあった。

米軍のリンガエン上陸にともない、それらの日本人たちは、逐次、マニラを去ることになる。しかし、彼らはユーロー夫妻の温かい友情を感謝する意味をもふくめて、すべての人が在マニラ日本軍あての書状を残した。

それには異口同音に、ユーロー家を特別保護してくれるよう書かれていた。したがって、ユーロー家の人びとは、日本人はすべて友だちであり、恐ろしいマ海防の将兵も例外ではあり得なかった。恐ろしいという気持は、寸毫もなかった。

二月十日の朝、ユーロー夫人はメイドの激しくドアを叩く音で、目を覚ました。

「ミセス、サンアンドレス市場が燃えています」

との報に、ベランダに出て見ると、目の前にすでに大きな火の玉が上がっているのが望見されて驚いた。

ちなみに、ユーロー家よりサンアンドレス市場までは三百メートルぐらいしか離れていなかったのである。

不安の中に朝食をすませたが、火勢はますますひろがる模様で、危険を感じるほどになってきた。この家まで火がとどくとは思わなかったが、最悪のケースを予想して、とりあえず子供二人だけは避難させるべきだとユーロー夫人は考えた。

そして、かねてより避難先として予約してあった海岸線寄りのパサイ地区のセントラルホスピタルまで、この二人を夫とともにつれ出した。

病院に行くには、海岸通り（ブルーバード）を約一キロ歩かなければならない。人ごみをかき分け前に進むと、海風の吹きわたる海岸通りに出た。見れば銃をかまえた日本兵が、群衆の立ち入りを厳にとりしまっており、一歩でも海岸通りに入ろうものなら、罵声とともに銃床でなぐりつけている。

しかし、後から後へと押しかける群衆は、トコロテン式に海岸線に出ざるを得ない。日本兵はそれを止めるためには、銃を使用せざるを得ず、各所で威嚇射撃の音がひびくといった現実である。

ユーロー夫人はしかし、全然そういった状況を顧慮しなかった。彼女には自信があった。日本兵は彼女たち一家のものには指一本ふれることなく、フリーパスで海岸通りを歩かせてくれるという自信があった。

彼女は日本の友人たちが書き残してくれていた証明書を高くかかげ、臆することもなく海岸線に出ていったのである。

「止まれ、動くと撃つぞ」

とでもいったらしい日本語で、大声で叫びながら二名の日本兵が夫人に向かって走ってきた。

「ママ、危ない！」

夫人のうしろにいた息子のノノイが走りよって、夫人をつれ出そうとしたとき、日本兵の銃が火を吹いた。ノノイは夫人をおおうようなかたちで倒れていった。

驚いたのはユーロー氏で、彼もまた息子をかばうべく飛び出していき、またまた無情な日本兵の銃火に倒れたのである。ユーロー夫人の腕の中で、ユーロー氏はこう言ったそうである。

"Why japs are killing us, God hem!"（なぜ、日本兵はわれわれを殺すんだ。ちくしょうめ）

それまでユーロー家では、ジャップと日本人を呼んだことはなかったし、まして畜生よばわりしたこともなかった。

やむをえない事情とはいえ、また戦いの常とはいえ、悲しい悲しい事実である。

それ以来、ユーロー家にとって日本人は敵《かたき》であり、鬼ですらあった。戦いが終わり、夫人は一人娘をまもって身一つで商売をはじめ、私が昭和三十年、マニラに駐在したときは、すでにひとかどのビジネスウーマンであった。

その日本人ぎらいの夫人が、まったく偶然に私と知り合い、私といっしょに仕事をすることになった。一年たって、私がビザ更新のため日本に帰る日、夫人はわざわざ空港まで私を見送ってくれ、つぎのように私に言った。

「山中さん、私は日本人が憎かった。二度と日本人を許そうとは思わなかった。しかし、あなたと交際しているうちに、私はふたたびかつて親しく交際していた多くの日本人、けっして嘘をつかない、無理をしてでも私たちをかばってくれ、また限りない愛のこもった贈り物をしてくれた、かつての日本人を思い出しました。

日本人が悪いのではない。悪いのは戦争だったとつくづく悟りました。ビザを更新しだい、一日も早くまたマニラに帰っていらっしゃい」

戦争ゆえに生起した想像もつかない悲劇である。しかし、だからといって、マ海防の将兵の残忍さを責めることはできないと私は思う。責めるべきは、彼らをここまで追いやった指導者であり、無益な戦争と知りつつ、なおもこれを強行した人びとである。

四　瓦礫と化した美しき街

絶体絶命の窮地に

昭和二十年二月十三日になった。この日はマニラ海軍防衛隊（マ海防）、振武集団、また米軍にとっても、重大な日であった。

米軍はマ海防の第一線を突破し、第二線配備に近接してきた。というより、その一部は海岸通りに出現し、マ海防唯一の後方との連絡路を遮断したのである。これにより、マ海防は強行突破以外、マニラよりの退路はなくなったことになった。

振武はいよいよマニラ反攻を開始した。イポを中心とする河島集団からは、約六コ大隊の斬り込み隊が発進した。

国道三号線に斬り込んだ三コ大隊のうち二コ大隊は、いちおう成功した。それは数時間であったにもせよ、北よりアンガット、ミカワヤンの町を一時的に占領し、多くの米比軍を殺傷した。しかし、これはマ海防とは百キロ近くもはなれた地点での戦闘で、マニラ攻防戦には直接の影響はなかった。

残りの三コ大隊は軍旗を奉じての現役連隊の攻撃で、カロカンの飛行場の占領を目的としたものだった。満を持しての出撃だったが、日本軍の行動はすべて、事前にゲリラの報告により察知されており、熾烈きわまりない米軍の砲爆撃の前には、いかんともしがたく、二日間、敵前に伏したままで後退を余儀なくされたのであった。

振武の右翼から出撃した五コ大隊は、総指揮官・南部好範大佐、それに岸本伍郎参謀を付してマリキナ方向より、まずケソン飛行場の奪取を第一目標とした。出撃日は十三日であったが、この方面はすでに米軍の攻撃がはげしく、予定した五コ大隊が期日に集結できないという困難な事態となってきた。

やむなく攻撃を一日延期したが、それでも予定兵力の三分の一も集まらなかった。振武よりの大きな期待、それにともなう攻撃の督促をうけた南部大佐は、無理を承知のうえでの出撃にふみきらざるを得なかった。

南部集成部隊は雨とふる敵の砲撃のもとに、攻撃を強行して敗れた。南部大佐、岸本参謀は、ともに第一線に散ったのであった。

二月十八日、振武は正式にマニラ反攻を中止し、各部隊を山の陣地にもどすことになる。すなわちマ海防は、そのとき百パーセント玉砕の道へとつきおとされたのである。

では、マ海防を救済する措置はとられなかったのかというと、時期的には遅れたが、関係者の手で必死におこなわれてはいたのである。

マニラ防衛隊（二月三日以降、マ海防の一部となる）の母隊である小林兵団では、二月十一日、防衛隊の長である野口勝三大佐からの報告により愕然とした、と戦史には記してある。小林兵団長は、野口部隊は所期の任務を達成しだい、原隊に復帰するものと解釈していた。決別電とも思える十一日の野口大佐よりの報告電報をうけ、小林兵団長は、すぐ振武司令部に野口部隊のマニラ撤退を要求した。

これにたいし、振武の返答はつぎのごとくであった。

「マニラ反攻を有意義ならしむるには、マ海防の存在が必要である。またこの作戦の成果を見てからでも、マニラ撤退は遅くはないはずである」

つぎに、マ海防の指揮者であった在バギオ南西方面艦隊司令部でも、状況判断の結果、いたずらにマニラ市内に残ることは全滅を意味すると判断し、マ海防のマニラ脱出を尚武集団に督促した（二月八日ごろ）。

これにたいし、尚武の返答はつぎのようなものであった。

「マ海防の行動は一月二十日の振武との打ち合わせどおりおこなわれており、とくに尚武より振武に指示する要はないと思う」

また、二月十日には、さらにつぎのようにも通告があった。

「九日、岩淵司令官はマッキンレーに後退した。この事実よりして、マ海防のマニラ撤退は予定どおりおこなわれているものと考えられる」

二月十三日、在バギオの尚武および南西方面艦隊は、岩淵司令官のマニラ再進出を知り、愕然とするのであった。

哀しき最後のとき

岩淵三次司令官は二月十六日、振武のマニラ反攻が失敗したことを感知した。この反攻に呼応すべき斬り込み隊をも準備して待ったが、対時する米軍にはいささかの変化も認められなかったからである。彼は振武に、こう言いたかったであろう。

「なんだ、陸軍はもう負けたのか」と。

同時にこの言葉は、ただ一つ希望として残っていたマ海防のマニラ撤去のチャンスとの決別でもあった。

おなじく二月十六日、遅まきながら、振武よりマ海防に撤退命令が出された。しかし、時機は過ぎていた。四日はやければ、いや、三日前の十三日にこの命令が出ていれば、マ海防にはまだ生き残るチャンスはあったのだ。

ルネタ地区以外の道路には、すでに米軍戦車が接近しており、日本軍は各地区、各建物に分散孤立して戦う以外、方法はなくなってしまった。

十八日、岩淵司令官は全軍にマニラ撤退命令を発し、各隊ともその実施にふみきった。しかし、そのすべては失敗した。岩淵司令官は、出撃することは即、死であることを実感した。いまや残った拠点にたてこもって防戦する以外、方法のないのを知ったのである。

斬り込みをかねた撤退作戦は、二十日まで強行されたが、すべては無駄な行動でしかなかった。

あの美しかったマニラ市は、まったくの瓦礫の山と化してしまった。

二十日、米軍戦車は、ルネタ地区に進出してきた。また、この日以降、残って日本軍が戦っているであろう建物、地区に、徹底的な無差別砲撃をくわえてきた。この砲撃でほとんどの日本兵と、マニラ市民が死んでいったのであった。

二十二日、マニラホテルが敵手に落ちると、インタムロス城内は別として、残るはルネタ公園地区にある数すくない耐久建築物のほか、日本軍の存在は考えられないこととなった。

廃墟と化したマニラ市街。野口大佐は敵弾に斃れ、岩淵少将も自決、マ海防は潰えた。

二十二日の午後、米軍は砲撃を一時中止して、つぎの放送をくり返しくり返しおこなった。

「マ海防の将兵に告げる。諸君はよく戦って帝国海軍の面目を充分に発揮した。これ以上、戦う必要はなく、また戦えば死ぬのみである。諸君にわが米軍はいま、手を上げて降伏するチャンスをあたえる。いまより一時間以内に、白旗をかかげて投降することを勧告する」

米軍の記録によると、約五百名の朝鮮系、台湾系の軍属が、この勧告に応じて捕虜になったというが、日本人はいなかったという。

事実、このチャンスを利用する以外、マ海防の将兵の生命を救うことは不可能であった。岩淵司令官はその面子《めんつ》をすて、降伏命令を出すべきではなかったか。しかし、降伏より死をえらぶ当時の日本軍にとっては、無理な問題であったのも事実である。

最後のときは、急ピッチで迫って来たのである。

二十三日、米軍は最後の総攻撃をかけてきた。戦車がインタムロス城内に進入したのである。このとき、城内にあった二つの教会（サンオーガスチン、デルモニコ）の地下室にひそんでいた約五千名のフィリピン人が、手を上げて米軍に駆け寄ったそうだが、日本軍はこのときは一発も彼らを撃ってはいない。

ちなみに、この二つの教会は二月七日より毎日、絶えることなく鐘を打ち鳴らしており、米軍も無差別砲撃を二つの教会だけには控えており、日本軍が存命のためマニラ市民を人質にとっていると言われたものであった。

二十五日の夜、野口勝三大佐以下、陸軍部隊は最後の脱出をこころみたが、わずか四、五十メートルのルネタ公園の歩行距離を渡りきらないまま、全員が戦死したのであった。

二十六日の朝、岩淵三次司令官はパコの陣地の大隊長であった清水常喜大尉とともに、自室で自決した。マ海防の悲しい終焉である。

マッカーサー将軍は、二月二十八日、マニラの完全陥落を宣言し、フィリピン大統領オスメニアの就任式を挙行した。

マ海防の残存兵はそれでもまだ戦っており、マニラ市内から完全に銃声のとだえたのは、三月三日であった。思えば二月三日、米軍のマニラ進攻以来、一ヵ月を戦いぬいたのである。マ海防の戦士にたいし、心からなる敬意と弔意を捧げるものである。

戦いの常とはいえど

さて、マニラ攻防戦をかえりみるとき、私はじつにやりきれない怒りにも似た気持で一杯になる。マニラ海軍防衛隊三万の将兵と、マニラ市民十万名は犬死にしたのである。

戦争に勝敗はつきものである。勝者は占領地に入り、敗者は逃げるか降伏する。これが、常道である。しかるに、マ海防の将兵には逃げる場所もなく、降伏はできなかった。ただ命令という一語のもとに、死んでいったのである。

この時期、いったい振武集団司令部はなにを考えていたのか。マ海防の全滅をなぜ教えなかったのか。命令する側が陸軍であり、被命令者が海軍であったからなのか。

状況の急変により、為すべきことがすべて手遅れであり、致し方なかったといえるのであろうか。

振武には友軍にたいする真の愛情が欠けていたのではなかったか。これは結果論ではありえない。

二月九日、岩淵三次司令官がマッキンレーに転出したとき、振武はなぜ参謀の一名でもよいから、マッキンレーに派遣して、マ海防の実情の把握につとめなかったのか。

戦後、長くマニラに滞在した私は、宿舎がルネタ広場の一隅にあった関係もあり、暇さえあればルネタ地区を歩いて、往時を偲んだものであった。

ある日、私はインタムロス（旧城内）の周囲につくられているゴルフ場（ミニゴルフ）でクラブを振ったとき、バンカーの横にうず高くつまれている白色の枯木状のものを見た。近づいてよく見ると、まぎれもなくそれは白骨であった。

聞けば、このゴルフ場では、どこでも少し深く掘ると白骨が出てくるという。思えば、この地こそマ海防玉砕の地であり、万におよぶ将兵たちが、この地、この場所で倒れていったのである。

流れる涙をとどめる術も知らず、私はもっていたタバコのすべてを煙として、せめての回向をおこない、はかなく散っていったマニラ海軍防衛隊の将兵に祈ったものであった。

マ海防を語るとき、かならず出される一部将兵の海外脱出とか、また海岸通りにあったベイビューホテルにおけるマニラ女性にたいする暴行事件については、私はあえてふれない。それは、すでに人間としての理性の限界を越えた行為だったからである。

エピローグ

太平洋戦争が終わって、はや四十数年がたった。私は雨につけ、風につけ、この戦いで死んでいった人びと、とくに私の部下であった人びとのことを考える。しかし、考えるだけでなに一つ、具体的な弔慰の方法を講ずることのできないのに、もどかしさと自責の念にかられる。

ちかごろ、同期生会とか、戦友会の名のもとに、かつて軍籍にあったおなじグループであった者たちが集まり、温泉地とか、景勝の地をえらんで、少なからざる会費を徴収して会合している。

そして会の進行スケジュールはかならず、第一に戦没者への黙禱からはじまる。しかし、黙禱は黙禱に終わり、その後のスケジュールは現在のおたがいの近況を語り、往時の思い出話に終始するのが普通である。

すなわち、生存者の親睦会である。

懐かしさのあまり私も、最初はよろこんでそれらの会に出席してみた。しかし、実情にふれてみて、われわれ、幸か不幸か生き残った者たちは、そういった会合に出席して、往時をしのぶだけでいいのであろうか、と――私は自責の念がさきだつのを感ぜずにはいられなかった。

なにかしたい。なにか戦没した人びとへの供養をしたい。私はそれのみを考えるのである。すまない、許してほしいという気持を、なんとかそれらの人びとに伝えたいのである。少なくとも死んでいった人びとは〝損〟をしたということになって欲しくないのである。

ある者はいう。

「日本の今日の発展は死んでいった人びとの遺産である」と。

しかしいま、日本のほとんどの人はすでに、これらの人びとを忘れているのではあるまいか。

いけない。絶対にいけない。われわれは、少なくとも戦争に出て生き残ったわれわれは、彼らのことを片時も忘れてはいけないのである。

フィリピンの山野には、まだ二十万以上の遺骨が放置されている。

先にも述べたとおり、先年、私はマニラ市インタムロス横のミニゴルフ場で、ゴルフを楽しんだ。そのときバンカーの横にうず高くつまれている白骨を見ておどろいた。

この地は、マニラ海軍防衛隊玉砕の中心地である。聞くところによると、このゴルフ場の下は、掘ればどこでも白骨が出るという。その白骨の上を、いまを栄える日本人がゴルフを楽しんでいる。悲しい現実である。

私がいま、せめても彼らのためにできることは、書くことである。彼らのことを筆にして、私のささやかで、また心からの鎮魂の一つにでもなればと思った次第である。

思えば四十五年前、昭和十七年十一月、静岡県磐田町の停車場前の広場に、四百名の第四航空情報隊の将兵が軍装もりりしく整列し、旧部隊長に最後の別れの敬礼をした。その四百名のほとんどの兵は、私が手塩にかけて教育した者たちであった。そのとき彼らの顔は輝いていたし、なんらの不安も、ためらいも持っていなかった。彼らは教官であり、中隊長でもある私とともに、第一線へ出陣することに誇りさえ覚えていてくれたのではないかと信じている。

軍服を着たその日より、当時の若者は決心していた。すなわち、いずれは第一線にいき、死を賭して戦うのだ、と。

死ぬということは難しい問題ではある。しかし、当時の若者は、この問題は深く考えることではないと思っていた。考えて結論の出るものでもなかった。ただ一途に、死によって国を守るのだというその一事だけであった。

当時、日本は天皇を中心とする国であった。国は即天皇という感覚でもあった。しかし、天皇は写真以外では見ることもなく、遠い雲の上の存在であり、その実体はつかみようもなかった。彼らにとって、さしあたり天皇につながるものといえば、直属上官しかなかった。

天皇は「上官の命は朕の命と心得よ」とも言われてもいた。

したがって、彼らのもっとも身近にある天皇の代行者は部隊長であり、中隊長であった。しかし、部隊長とて兵隊にとっては遠い存在であり、いちばん身近にある代行者は中隊長それのみであった。

半年も起居をともにすれば、中隊全員の気心もわかってくるし、兵の一人ひとりが、その日の中隊長の機嫌がよいか、悪いかまでわかってくる。それほどの間柄にまでなっていたのが、当時の実情でもあった。私は何度も部下の兵隊から、

「中隊長殿、今日はなにか身体の工合が悪いのではありませんか」

と質問をうけ、彼らの勘のよさというか、すでに父子以上の親近感にまで、おたがいの関係がなっているのに驚いたものであった。

昭和十七年十一月、私の部隊に動員が下った日、私は中隊の全員を中隊建物前の広場に整列させ、准尉とともに名簿を見ながら、一人ひとりの顔を見て歩いた。

この中から、三分の二にもおよぶ者たちを、第一線につれていくための人選であった。除外の対象にしたのは、第一が妻帯者、第二が独り児であった。したがって、私が第一線につれていった兵は、とりあえずはそういった意味で、後顧の憂いの少ない者ばかりだったはずである。

人選が終わって、私は第一線につくことになった全員を集めて、

「今度は敵も手強いだろう。オレといっしょに最後まで頑張ろう」

と言い聞かせもした。

動員が下ると同時に、部隊は完全な防諜下に入り、外部との接触はいっさい禁じられ、憲兵が出張してきてこれらの警戒にあたっていた。

しかし、どうやって外部との連絡をとったのか、多くの出征する兵隊たちの家族が磐田の町にあつまってきて、部隊と外部をへだてているフェンスの針金に手をかけて、内部をうかがうようになってきた。もちろん内外の通話は厳禁で、彼らがたがいに語り合うことは不可能であった。

中隊長室から見ていると、百メートルくらいの距離をへだてても肉親の顔は識別できるらしく、たがいに手を振り合っている。

私は胸が痛んだ。なんとか面会できる方法はないものかと考えた。しかし、一人や二人の例外は認められても、数百の兵たちのすべてに例外を認めることは不可能であり、軍律は犯すべからざる権威があった。

一方、私をふくめ幹部の将校は、毎日、自由に外出し、だれとでも会えるのに、兵隊たちがそれができないことに、私はすまないという気持で一杯だった。現に、私の母は動員下令のつぎの日から、私の下宿に泊まり込んでさえいた。その母がある夜、夕食のときに言った。

「兵隊さんの家族の方たちが、毎日たくさんお見えになっているけど、なにか面会できるような手だてはないのですか。なんとかしてあげなさい」

母はここにきて以来、毎日、私の出勤を見送るとすぐに磐田の駅にいき、もちろん中隊長の母親であるということは秘して、待合室に終日すわっていた模様で、毎夜その日の状況を私に語るのが日課の一つでもあった。

母は丹念に、その日に出合った出征兵士たちの父兄の名前をメモしており、また残念にも面会できなくて、淋しく帰っていった人びとの名前の上には、丸印をつけてもいた。

たまりかねた私は准尉を呼んで、なにか対策はないものかと相談した。准尉というのは中隊の下士官、兵を代表して、それらの考え、希望を将校――とくに中隊長に伝える役目を持っており、また兵の人事権をも持っていた。

換言すると、中隊を一つの家庭とすれば、中隊長は父であり、准尉は母であった。したがって、中隊の気風は中隊長の性格と、准尉の性格をプラスしたものになり、准尉は兵たちの最大の利益代弁者でもあった。

私の中隊の准尉は、新婚そうそうの若者であったが、真面目な男でもあった。彼は私のその日の相談を待っていたかのように、すぐにつぎの二つを具申した。すなわち、下士官は理由をつけて外出を許可し、兵には外柵に近づくことや、物品を受け渡しすることを黙認することだった。

これで、兵隊たちは家族と話すことはできるようになった。しかし、それはあくまで立話であって、家族団欒とは縁遠いものであった。

いよいよ磐田を出発する二日前の午後、准尉が私のところにきて、

「出発準備も完了し、兵たちは毎日、退屈しています。ついては本日午後、私が引率して外

出させたいのですが、許可して下さい」

と申し入れた。私はその意味を察して、黙ってうなずいた。

後で聞いたところでは、准尉は出征兵士たちを二隊に分け、町の中央部にあった公園まで引率し、そこで言ったそうである。

「いまから約二時間、自由行動を許す。全員がここに帰って来るまでオレがここで待っているから、かならず帰ってこい」と。

つぎの日の朝、母は私にこう言った。

「あなたは、よいことをしました。昨夜、多くの方たちが帰っていきました。みなは満足しておられました。とくに九州から来ておられた上等兵のお母さんは、私に言われました。『せがれと長い間、話すことができて、嬉しく思いました。別れるとき、せがれは私に申しました。

——お母さん、もう泣かないで下さい。私は喜んで戦地にいき、立派に戦ってきます。とくに私たちがいちばん尊敬している中隊長殿が、いっしょに行ってくれるのです。中隊長はわれわれといっしょに死ぬのだとも、言ってくれています。どうか心配しないで下さい——と』」

ところが、彼らが敬愛してくれた私は、ニューギニアの密林の中に彼らを残して、後方に退ったのである。

戦い終わった日、この部下たちのうち何名が生き残ったか。おそらく、十名もいないので

はあるまいか。その中で私が戦後、会うことができたのは三名だけで、その一名の兵長の言によれば、彼らは死ぬまで、

「中隊長殿さえ、いっしょにいてくれたらなあ」

と言っていたそうである。彼らは元気で、優秀な若者たちばかりであった。

昭和十八年八月十六日の夜、あのウエクワ飛行場への敵爆撃のさなかに、私は部下全員を集めて、彼らの精神的動揺を静めるため、訓辞をした。そのとき兵たちの中から、

「中隊長殿、上田上等兵が、この爆撃は敵の上陸の前ぶれだと、デマをとばしています。叱ってやって下さい！」

と、大声がとんだ。

私はそのとき、もう中隊長ではなく、この地区の情報関係の指揮者だったが、彼らは依然として私を中隊長とよんでいた。私は上田上等兵をみんなの前に呼び出して、

「つまらぬことを言うんじゃない。びくびくするな！」

と叱りとばした。すると、恐縮する彼を見て、全員が笑い出したものであった。それほど、われわれの団結は固かったのである。

死んでいった者を偲ぶとき、彼らの生きていたころの一コマ一コマが、いまでも昨日のことのように鮮やかに、私の胸を去来する。

私を信じ、喜んで前線に出た彼ら、彼らは死ぬまで、私の名を呼んでくれたというのである。

〔付記〕本書執筆にあたり、左記の文献を参考引用致しました。

一、戦史叢書『捷号陸軍作戦〈ルソン決戦2〉』防衛庁防衛研修所戦史室著　朝雲新聞社刊

二、戦史叢書『南西方面海軍作戦〈第二段作戦以降〉』防衛庁防衛研修所戦史室著　朝雲新聞社刊

単行本　昭和六十二年九月　光人社刊

NF文庫

カンルーバン収容所
最悪の戦場残置部隊ルソン戦記

二〇二一年十二月二十二日　第一刷発行
著　者　山中　明
発行者　皆川豪志
発行所　株式会社　潮書房光人新社
〒100-8077　東京都千代田区大手町一-七-二
電話／〇三-六二八一-九八九一(代)
印刷・製本　凸版印刷株式会社
定価はカバーに表示してあります
乱丁・落丁のものはお取りかえ致します。本文は中性紙を使用

ISBN978-4-7698-3243-0　C0195
http://www.kojinsha.co.jp

NF文庫

刊行のことば

第二次世界大戦の戦火が熄《や》んで五〇年——その間、小社は夥しい数の戦争の記録を渉猟し、発掘し、常に公正なる立場を貫いて書誌とし、大方の絶讃を博して今日に及ぶが、その源は、散華された世代への熱き思い入れであり、同時に、その記録を誌して平和の礎とし、後世に伝えんとするにある。

小社の出版物は、戦記、伝記、文学、エッセイ、写真集、その他、すでに一、〇〇〇点を越え、加えて戦後五〇年になんなんとするを契機として、「光人社NF（ノンフィクション）文庫」を創刊して、読者諸賢の熱烈要望におこたえする次第である。人生のバイブルとして、心弱きときの活性の糧《かて》として、散華の世代からの感動の肉声に、あなたもぜひ、耳を傾けて下さい。